韓國의 漢詩 22

佔畢齋 金宗直 詩選

한국의 한시 22

점필재 김종직 시선

허경진 옮김

평민사

옮긴이 **허경진**은 연세대학교 국어국문학과를 졸업하고,
같은 대학원에서 문학박사 학위를 받았다. 목원대학교 국어교육과 교수와
열상고전연구회 회장을 거쳐, 연세대학교 국문과 교수를 역임했다.
《한국의 한시》 총서 외 주요저서로는 《조선위항문학사》, 《허균 평전》,
《허균 시 연구》, 《대전지역 누정문학연구》,
《성호학파의 좌장 소남 윤동규》 등이 있고,
옮긴 책으로는 《연암 박지원 소설집》, 《매천야록》,
《서유견문》, 《삼국유사》, 《택리지》, 《허난설헌 시집》,
《주해 천자문》, 《정일당 강지덕 시집》 등 다수가 있다.

韓國의 漢詩 22

佔畢齋 金宗直 詩選

초   판 1쇄 발행일   1998년 3월 1일
개 정 판 1쇄 발행일   2023년 5월 15일

옮 긴 이   허경진
만 든 이   이정옥
만 든 곳   평민사
            서울시 은평구 수색로 340 〈202호〉
            전화 : 02) 375-8571
            팩스 : 02) 375-8573
            http://blog.naver.com/pyung1976
            이메일   pyung1976@naver.com
등록번호   25100-2015-000102호
ISBN   978-89-7115-027-6   04810
            978-89-7115-476-2   (set)
정 가   14,000원

· 잘못 만들어진 책은 바꾸어 드립니다.
· 이 책은 신저작권법에 의해 보호받는 저작물입니다.
  저자의 서면동의가 없이는 그 내용을 전체 또는 부분적으로 어떤 수단 · 방법으로나
  복제 및 전산 장치에 입력, 유포할 수 없습니다.

# 머리말

조선시대에는 커다란 사화가 네 차례 있었는데, 그 가운데 가장 먼저 일어난 사화는 연산군 4년(1498년)에 일어난 무오사화였다. 이때 화를 당한 선비들은 주로 점필재 김종직의 문인들이었다. 점필재는 이미 세상을 떠난 뒤였지만, 그 자신도 부관참시(剖棺斬屍)를 당하였다. 조선시대 선비를 알기 위해서는 사화에 대해 나름대로 평가해야 하는데, 정암 조광조나 점필재 김종직을 빼놓고는 사화를 이야기할 수 없다.

그의 이름이 역사에 오르내리게 된 것은 그의 학문과 문장 때문이었지만, 무오사화를 일으킨 〈조의제문(弔義帝文)〉 때문이기도 하다. 세조의 왕위찬탈을 비판한 그 글이 신랄하기는 하지만 세조에게 벼슬까지 했던 그가 〈조의제문〉을 지은 것이 과연 올바른 행동이었느냐 하는 동정적 평가부터, 그가 이름을 빛내기 위해서 그 글을 지었다는 부정적 평가까지도 있다. 그렇지만 그는 역사를 올바르게 기록하려는 시인의 태도로 이 글을 지었으며, 그의 제자인 김일손도 역사의 평가를 위해서 이 글을 『성종실록』 사초에 넣었다. 그러나 한 시인의 생애를 어찌 한 편의 제문만 가지고 논할 수 있겠는가. 그래서 23권이나 되는 그의 방대한 시집 가운데 일부라도 독자들에게 보여 주기 위해서 이 시선을 엮었다.

그의 시에는 백성들을 사랑하는 마음과 자기를 돌아보는 마음, 항상 정치와 학문의 중심에 있으면서도 자연으로 돌아가 한가롭게 살고 싶어하는 마음 등이 잘 나타나 있다. 퇴계는 그를 예림서원에 제향하는 글에서, 우리 나라의 선비 가운데 죽음으로 절의를 지킨 정몽주와 쇠해진 문장을 일으킨 김종직을 대표적인 인물로 들었다. 그의 대표적인 제자로 김굉필과 정여창을 들면서, 자신이 점필재에게 직접 배우지 못한 것을 아쉬워하기도 하였다. 그래서 흔히 우리나라 성리학의 도통이 정몽주에게서 길재·김숙자·김종직·김굉필을 거쳐 조광조에게로 이어졌다고 말한다. 김종직은 한훤당 김굉필과 일두 정여창을 비롯해 수많은 제자를 길렀는데, 〈문인록〉에 오른 제자만 해도 63명이나 된다. 밀양의 예림서원·선산의 금오서원·함양의 백연서원·금산의 경렴서원·개령의 덕림서원 등에 제향되어 영남사림의 사표가 되었다.

그런데 퇴계는 김종직의 학문과 문장에 대해서 비판한 적도 있다. 자기 제자에게 보내는 글에서 "점필재가 정일경의 (精一敬義)의 학문에 깊이 뜻을 두지 않아서 애석하다."고 했으며, 〈퇴계선생언행록〉에 의하면 "점필재는 학문한 사람이 아니다. 평생 힘쓴 것은 화려한 문장이다."고까지 하였다. 그러나 이 말이 곧 점필재의 학문을 부정하는 말은 아니다. 문장에도 힘쓴 성리학자라고 해석하는 것이 좋을 것이다. 그런 면에서도 점필재의 시는 더욱 남다른 점이 있다.

당대 문단을 이끈 시인은 26년 동안이나 대제학으로 있었던 서거정이지만, 실제로 그보다 뛰어난 시인은 점필재이다. 《속동문선》에 서거정의 글이 78수 실린 것에 비해, 김종직의 글이 147수나 실린 것을 보아도 알 수 있다. 숫자만 많았던 것은 아니다. 당시의 관각문학(館閣文學)은 화려한 표현이나 교묘한 기교에 힘썼지만, 그는 중후하면서도 역동적인 시를 지었다. 당대의 문학은 크게 도학파와 사장파(詞章派)로 나뉘었는데, 그의 제자 가운데 도학파(김굉필·정여창), 사장파(김일손·유호인), 방외인(홍유손·남효온)이 골고루 있는 것만 보아도, 그의 문학세계가 깊고도 넓은 것을 알 수 있다.

그가 세상을 떠나자 제자들이 유고를 모아 이듬해인 1493년에 문집 형태로 엮었는데, 성종이 유고를 올리라고 명령하자 점필재의 제자이자 처남인 도승지 조위가 시문 17권을 정서해 올렸다. 그러나 성종이 곧 승하하여 간행되지 못하였다. 연산군이 즉위한 뒤에 병조참의 정석견이 서울에서, 그리고 전라감사 이인형이 전주에서 그의 문집을 간행하였다. 그러나 무오사화가 일어나자 이 두 판본은 모두 수집되어 불태워졌다. 정석견은 파직되었으며, 이인형은 스승과 마찬가지로 부관참시되었다. 그의 문집은 임진왜란이 지난 뒤 1649년에야 경상감사 이만이 예림서원에서 다시 간행하였다. 이번의 번역도 이 책을 대본으로 하였다.

그가 단종을 위로하기 위해서 〈조의제문〉을 지었던 것처럼, 이 책이 그에게도 조그만 위로가 되면 다행이겠다.

1998년 3월
허경진

차례

11

부록

응천 죽지곡 9장을 써서 양씨 여인에게 주다
凝川竹枝曲九章書與梁娃

1.

높은 누각 풍류 속에 패옥이 울리고
부드러운 향기가 갈대꽃 핀 물굽이에 반쯤 내리네.
원앙새와 촉옥새가 쌍쌍이 춤추니
시름겨운 미인의 눈썹이 찌푸려지네.

絲管高樓鳴珮環。　　　輭香半落蓼花灣。
鴛鴦屬玉雙雙舞、　　　惹得愁攢八字山。

2.

사월 하늘 흐리고 비가 자주 내리니
운문산[1] 골짜기에 물소리가 시끄럽네.
만 줄기가 같이 흐르는 뜻을 그 누가 알랴.
끝없는 이별의 슬픔을 걷잡지 못하겠네.

■
* 응천은 밀양의 옛이름이다. 밀양 지동에 점필재의 무덤이 있다.
**죽지사는 지방의 풍속을 읊거나 남녀간의 사랑을 노래한 7언절구 연작
　시이다. 우리나라에서는 조선 후기에 들어오면서 많이 지었다. 12가사
　가운데 하나로도 죽지사가 불려졌다.
1) 청도군 동쪽 96리에 있다. -《신증 동국여지승람》제26권〈청도군〉산
　천조

梅天靄靄雨頻來。　　雲門巖壑水喧豗。
誰知萬派同流意、　　無限離腸不自裁。

3.
다락 아래 맑은 강에는 화익[2]이 떠있는데
다락의 피리와 북 소리가 갈매기를 놀라게 하네.
사또가 칙사에게 잔치를 다 베풀고 끝내자
깊이 잠긴 가대에는 초승달만 드리웠네.

樓下淸江畫鷁浮。　　樓中簫鼓每驚鷗。
使君燕罷皇華使、　　深鏁歌臺彈玉鉤。

4.
또다시 강가에서 푸닥거리[3]하는 봄이 돌아와
한가롭게 여자친구를 따라 강신께 치성드리네.[4]

■
2) 익(鷁)이라는 물새의 모습을 뱃머리에 그리거나 새긴 배를 가리킨다.
3) 3월 상사일(上巳日)에 신에게 빌며 액을 없애는 푸닥거리를 하였다.
4) 물풀꽃을 손에 쥐고 서글피 탄식하노니
　　짝 지어 상군께 치성드릴 사람도 없네.
　　手把蘋花却惆悵、　　無人作伴賽湘君。
　　－ 심주(沈周)〈제화시(題畵詩)〉

날 저문 강가에 물풀들은 꽃이 피었건만
패옥 버린 사람을 어떻게 불러오랴.[5]

又是江頭祓禊春。　　　　閑追女伴賽江神。
汀洲日暮蘋花吐、　　　　安得招招捐玦人。

5.

사월이라 강가에 버들꽃이 피었는데
꽃잎이 강 건너 날아가 고요한 물가에 떨어지네.
오직 부평초만이 따라오니
인생 살면서 이 이별을 어이할거나.

四月江頭楊柳花。　　　　花飛渡江點晴波。
相隨唯有浮萍草、　　　　奈此人生離別何。

■
5) 내가 패옥을 강 가운데 버렸네.
　　捐余玦兮江中.
　　- 굴원《초사》〈구가(九歌)〉

6.

금동역6) 가의 부들은 바람에 흩날리고
마산 항구의 물풀은 물 위에 둥둥 떴는데,
열다섯 살 이팔 청춘 한참 좋은 나이에
앞마을 조개 따는 배에다 태워 달라 말해 보네.

金銅驛邊蒲獵獵。　　　馬山港口荇田田。
佳期三五又二八、　　　試問前村採蚌船。

7.

서방님 뜻은 흔들려 대나무 가지 같지만
제 마음을 연뿌리 속의 실이라고7) 말하지 마세요.
대나무 가지야 옛부터 절조가 굳다지만
연실이야 어찌 바늘보다 낫겠어요.

郎意搖搖如竹枝。　　　妾心休比藕中絲。
竹枝從來多苦節、　　　藕絲寧有勝針時。

■

6) 금동역(金洞驛)은 (밀양도호)부 남쪽 23리에 있는데, 예전에는 이동음역
　　(伊冬音驛)이라고 불렀다. -《신증 동국여지승람》제26권 〈밀양도호부〉
　　역원조
7) 연뿌리를 끊어도, 그 속에 있는 실은 끊어지지 않는다. 남녀 사이의 관
　　계가 끊어져도 서로 그리워하는 마음이 남아 있음을 비유한 말이다.

16

8.

영정산⁸⁾ 머리에 달이 높이 솟아오르는데
검은 치마 흰 저고리 나그네가⁹⁾ 강언덕에서 우네.
올해 추석날 밤에는 반드시 당신과 함께
창탄에다 한가히 배 대고서 눈빛 파도를 보아야지.

靈井山頭月欲高。　　　玄裳羽客唳江皐。
共君須向中秋夜、　　　閑艤倉灘看雪濤。

9.

다락 바로 앞까지 밀물이 들어왔다가
잠깐 사이에 해문을 향해 돌아가네.
장안의 먼 소식을 부칠 만도 하니
밀물이 들어오지 않아도 고기가 절로 오네.

咫尺樓前潮欲到。　　　須臾却向海門廻。
長安遠信猶堪寄、　　　潮縱不來魚自來。

■
8) 영정사는 재악산에 있다. -《신증 동국여지승람》같은 곳.
　영정사가 있던 산을 영정산이라고도 불렀던 듯하다.
9) 현상우객(玄裳羽客)은 학을 묘사한 말이다.

매포루에 올라 쌍매당의 시에 차운하다
登買浦樓次雙梅堂韻

베버선 검은 두건 모습을 그 누구에게 견주랴.
개인 창가에 기대어 머리 흔들며 시를 읊네.
소와 양은 저 멀리 푸른 들판에서 풀 뜯어먹고
거위와 황새는 다락에 바람이 치자 놀라서 날아가네.
돛대 그림자에서 멀리 고향의 저녁노을을 보고
수레소리에 문득 금문의 가을을 생각하네.
은근히 갈매기를 향해 부탁하노니
약속 어기고 머물지 못함을 이상하게 여기지 말게.

布韤烏巾孰比流。　　晴窓徙倚掉吟頭。
牛羊遠牧草鋪野、　　鵝鸛驚飛風打樓。
帆影遙看鄉井暮、　　珂聲忽憶禁門秋。
殷勤爲向沙鷗道、　　莫怪盟寒不少留。

■

* 멸포(蔑浦)는 일명 매포라고도 하는데, (칠원)현 북쪽 30리 되는 곳에
  있다. 우질포 하류인데, 언덕 위에 다락이 있다. -《신증 동국여지승람》
  제32권 〈칠원현〉 산천조
  이 항목에 쌍매당 이첨의 시가 실려 있다. 김종직이 이 시에다 차운한
  것이다.

칠원 동헌에 걸린 시에 차운하여 동년인 최 현감에게 주다

次漆原東軒韻贈同年崔使君

무릉촌 길거리에 반은 복사나무인데
힘차게 양기가 넘쳐 참으로 봄날일세.
얼음과 눈이 녹아 산은 자갈빛 되고
공무가 늘 한가해 벼루엔 먼지가 끼었네.
청운의 사업을 그대는 마쳐야 하니
초가집에 살자던 계획은 내 스스로 새로워라.
반짝이는 등불 아래 함께 마주앉아서
맑은 술로 애오라지 정신을 이야기하네.

武陵村巷半桃樹、　　藹藹浮陽特地春。
冰雪已消山帶礐、　　簿書多暇硯留塵。
靑雲事業君須了、　　白屋襟期我自新。
耿耿一燈相對處、　　淸罇聊且話精神。

19

기생을 물리치다

到冶爐縣簑衣洞陜川教官崔公宗復送妓咏甘
棠以詩却之

무산¹⁾을 향해 나그네 마음을 괴롭히지 말게
시인은 다만 대궐문만 바라볼 뿐이라네.
이월이라 봄바람이 감당꽃 피우기에는 이른데
주남 사자가 동헌에 머물러 쉬었네.²⁾

莫向巫山惱客魂。　　　騷人只是望脩門。
東風二月棠花早、　　　留憩周南使者軒。

■

* 원제목이 길다. 〈야로현 사의동에 이르니 합천교관 최종복이 기생을 보
내「감당(甘棠)」시를 읊어 주므로, 시를 지어 그를 물리치다.〉
** 야로현은 (합천)군 북쪽 396리에 있다. 본래 신라 적화현(赤火縣)인데,
경덕왕이 지금 이름으로 고쳐서 고령군 속현으로 만들었다가, 현종 때
본군에 내속되었다. -《신증 동국여지승람》제30권 〈합천군〉 속현조
1) 옛날 초나라 회왕(懷王)이 일찍이 고당(高唐)에 놀러 갔었는데, 피곤해
서 낮잠을 잤다. 꿈 속에 한 부인이 나타나서 말하였다.
"첩은 무산의 여신인데, 고당에 놀러 왔습니다. 임금께서도 고당에 놀
러 오셨다는 소식을 들었기에, 잠자리를 모시고 싶습니다."
회왕이 그를 사랑하였는데, 선녀가 떠나가면서 말하였다.
"첩은 무산의 남쪽, 고구(高丘)의 험준한 곳에 있습니다. 아침에는 구름
이 되었다가, 저녁에는 비가 됩니다." - 송옥(宋玉) 〈고당부(高唐賦)〉
2)《시경》〈감당(甘棠)〉에 "저 팥배나무를 베지 말라. 소백(召伯)이 쉬어간
곳일세." 하였다. 주(周)나라 소공의 선정에 감격한 백성들이, 소공이
일찍이 쉬어 갔던 팥배나무를 소중히 여기며 부른 노래이다.

옥금이 밤에 소금을 불다
玉金夜吹小笒

가냘픈 피리소리가 어슴푸레한 마을을 꿰뚫고
계곡에 비친 반달이 주렴에 가득하네.
그대에게 부탁하노니 청상조만은 불지 말게
옛동산에 매화가 떨어질까 걱정이라네.

嫋嫋聲穿綠暗村。　　半鉤溪月滿簾痕。
憑君莫弄淸商調、　　恐有梅花落故園。

신 한 짝을 물에 떨어뜨리고
渡桑巖灘隻履墮水惻然賦此

날 저물자 상암탄 깊은 물이
물결치며 도도히 흘러가는데,
그 물에다 나그네가 신을 떠내려 보냈으니
그 신 한 짝이 어디에 있으려나.
아마도 불어난 봄물에 떨어져 흐르다가
난초와 두형초 핀 물가에 걸렸겠지.
함께 나갔다가 함께 돌아오지 못하니[1]
헤어진 슬픔을 그 누구와 이야기하랴.
아득한 연기와 노을 사이만
머리 돌려 부질없이 바라본다네.

■

* 원제목이 길다. 〈상암탄을 건너다가 신 한 짝을 물에 떨어뜨리고 나서
가여운 생각이 들어 이 시를 짓다.〉
** 상암탄은 연기(燕岐)에 있다. (원주)
1) 초나라 소왕(昭王)이 오나라와 전쟁하다가 패하였는데, 달아나다가 신
한 짝이 벗겨져 잃어버렸다. 소왕이 30보쯤 가다가 되돌아와서 그 신을
찾자, 좌우에서 물었다.
"어찌 신발 한 짝을 그리도 아끼십니까?"
그러자 소왕이 이렇게 말했다.
"초나라가 아무리 가난하다 해도, 내가 어찌 신 한 짝을 아끼겠는가. 다
만 함께 나갔다가 함께 돌아오지 못하는 것이 싫어서 찾는 것이다."

日暮桑巖深、　波浪滔滔去。
行人水迸鞾、　隻履在何許。
應知落春漲、　漂胃蘭杜渚。
俱出不俱返、　離思誰與語。
蒼茫烟靄間、　回首空延竚。

임군이 두 아들에게 이름을
지어 달라고 하기에

林君見其二子因請名命其長日穆字子冲季日
積字子勉又請贈詩

백고는 천 년 동안 맑은 이름을 퍼뜨렸으니
삼가고 경계하기를 마음속에 맹세하라.[1]
아비가 바르게 기른 것을 깊이 치하하노니
책 한 권이 결국은 만 금보다도 나으리라.

伯高千載播淸音。　　　謹敕須當矢此心。

深賀乃翁能養正、　　　一經終勝滿籝金。

■

* 원제목이 길다. 〈임군이 자기 두 아들을 보이며 이름을 지어 달라고 청
하였다. 맏이는 이름을 목이라 하고, 자를 자충이라 하였으며, 막내는
이름을 적이라 하고, 자를 자면이라 하였다. 그러자 또 시를 지어 달라
고 청하였다.〉
임군의 이름은 수경(秀卿)이다.
1) 백고는 한나라 선비 용술(龍述)의 자인데, 마원(馬援)이 일찍이 자기 형
의 아들들에게 경계하면서 용백고를 본받으라고 하였다. 그렇게 힘쓰면
혹시 용백고만큼 되지는 못 하더라도, 삼가고 경계하는[謹敕] 선비는
될 것이라고 하였다.

작은 것이라고 해서 잘못 버리지는 말라.
한 삼태기가 아홉 길의 공을 이루느니라.[2]
자기 몸을 닦고서 출세하는 것이 가장 좋으니
하늘이 그대를 옥처럼 만든 줄 나도 아노라.

莫將銖寸枉抛空。　　一簣終成九仞功。
良貴自修人爵至、　　吾知玉女有天公。

■

2) 새벽부터 밤까지, 혹시라도 게으름을 부리지 마십시오. 자잘한 행동을 삼
　가지 않으시면, 마침내는 큰 덕에 누를 끼치게 됩니다. 아홉 길 높이의 산
　을 만들다가 흙 한 삼태기만 모자라도, 결국은 공이 무너집니다. -《서경》
　〈여오(旅獒)〉

성환역에서 묵으며 제주도 이야기를 듣고 〈탁라가〉를 짓다

乙酉二月二十八日宿稷山之成歡驛濟州貢藥
人金克修亦來因夜話略問風土物産遂錄其言
爲賦乇羅歌十四首

1.

여관에서 처음 만났지만 서로 친한 것 같네.
겹겹으로 싼 보자기에는 온갖 약초가 진기해라.
옷에선 비린내 나고 사투리가 심하니[1]
내 보건대 그대는 참으로 바닷사람일세.

郵亭相揖若相親。　　包重般般藥物珍。
衣袖帶腥言語澁、　　看君眞是海中人。

■

* 원제목이 길다. 〈을유년 2월 28일에 직산에 있는 성환역에서 묵는데, 제주에서 약물을 진상하러 온 김극수란 사람도 와 있었다. 그래서 밤에 그와 이야기하며 그곳의 풍토와 물산을 대략 물어 보고, 마침내 그 말을 기록하여 「탁라가」 14수를 지었다.〉
1) 원문에 '언어삽(言語澁)'이라고 하였는데,《신증 동국여지승람》 제38권 〈제주목〉 풍속조에서, "시골 백성들의 말씨가 간삽(艱澁)하여, 앞은 높고 뒤는 낮다."고 하였다.

2.

당초에 세 사람은 바로 신인이었는데[2]
서로 짝 지어 해 뜨는 동쪽에 와서 살았네.
백 세 동안 세 성씨끼리 서로 혼인을 하였다니
듣기로는 그 유풍이 주진촌[3]과 비슷하네.

當初鼎立是神人。　　仇儷來從日出濱。
百世婚姻只三姓、　　遺風見說似朱陳。

3.

성주는 이미 죽고 왕자도 끊어져[4]
신인의 사당도 또한 거칠어졌구나.

■
2) 제주도에 처음 살았던 사람은 양을나(良乙那)·고을나(高乙那)·부을나
(夫乙那)인데, 땅 속에서 나왔다고 한다. 지금도 그 자취가 삼성혈(三姓
穴)에 전해진다.
3) 중국 서주(徐州)에 주진촌이란 마을이 있었는데, 주씨와 진씨만 살면서
대대로 통혼하며 의좋게 살았다고 한다.
4) 신라 때에 고을나의 후손인 고후(高厚)가 두 아우와 함께 바다를 건너서
신라에 조회하자, 왕이 기뻐하여 고후에게는 성주라는 칭호를 주고, 큰
아우는 왕자라 하였으며, 막내는 도내(都內)라 하였다. 나라 이름도 탐
라(耽羅)라고 하였다. -《신증 동국여지승람》제38권 〈제주목〉 건치연
혁조

명절이 되면 늙은이들이 아직도 옛일을 추모하여
광양당5)에서 퉁소와 북 소리를 다투어 울리네.

星主已亡王子絶。　　　神人祠廟亦荒凉。
歲時父老猶追遠、　　　簫鼓爭陳廣壤堂。

4.
바닷길이 어찌 수천 리밖에 안 되랴만
해마다 오가서 일찍부터 잘 아네.
구름돛을 걸고서 쏜살같이 달려
하룻밤 순풍 타고 해남에 이르렀네.

■
5) 광양당은 (제주목) 남쪽 한라산 호국신사(護國神祠)에 있다. 민간에 이런 이야기가 전한다.
"한라산신의 아우가 태어날 때부터 성스런 덕이 있었는데, 죽어서 신이 되었다. 고려 때에 송나라 호종단(胡宗旦)이 와서 이 땅을 압양(壓禳)한 뒤에 바다에 떠서 돌아가는데, 신이 매로 변해서 돛대 머리에 날아 올랐다. 조금 있다가 북풍이 크게 불어서 종단의 배를 부숴뜨리자, (종단은) 서쪽 지경 비양도 바위 틈에서 죽었다. 조정에서 그 신령스럽고 이상한 힘을 표창하여, (한라산신에게) 식읍(食邑)을 주고 광양왕(廣壤王)을 봉하여, 해마다 향과 폐백을 내려 제사하였다. 본조에서도 본읍으로 하여금 제사 지내게 하였다." -《신증 동국여지승람》제38권 〈제주목〉 사묘조

水路奚徒數千里、　　　年年來往飽曾諳。
雲帆掛却馳如箭、　　　一夜便風到海南。

5.

한라산 푸른 기운이 방사[6]와 통하네.
물풀 사이로 아침노을이 활짝 걷혔네.
원나라에서 한번 목장을 감독한[7] 뒤부터
준마들이 해마다 황실로 들어갔네.

漢拏標氣通房駟、　　　雲錦離披水草間。
一自胡元監牧後、　　　驊騮歲歲入天閑。

■

6) 수레와 말을 관장하는 별 이름이다.
7) 충렬왕 3년에 원나라에서 말 기르는 목장을 만들었는데, 20년에 왕이
　원나라에 조회하고 돌려주기를 청하자, 원나라 승상 완택의 무리가 (황
　제에게) 아뢰어, 황제의 뜻을 받들어 다시 우리에게 예속시켰다. (줄임)
　공민왕 11년에 원나라에 예속시키기를 청하자, 원나라에서 부추(副樞)
　문아단불화(文阿但不花)로 탐라만호를 삼았다. (줄임) 왕이 (원나라에)
　아뢰어 우리 나라에서 스스로 관리를 임명하고, 목자들이 기른 말을 가
　려서 예전처럼 (원나라에) 바치기를 청하자, 황제가 그대로 좇았다. -
　《신증 동국여지승람》 제38권 〈제주목〉 건치연혁조

8.

집집마다 귤과 유자가 가을서리에 잘 익어
상자에 가득 따 담아 바다를 건너오네.
고관이 이를 받들어 대궐에 진상하니
빛과 맛과 향기가 완연히 그대로일세.

萬家橘柚飽秋霜。　　　採著筠籠渡海洋。
大官擎向彤墀進、　　　宛宛猶全色味香。

9.

사또의 수레와 기마병들이 빽빽히 에워싸니
꿩과 토끼, 고라니와 노루 온갖 짐승이 쓰러지네.
바닷속 섬에는 곰과 범이 없어
숲에서 노숙해도 놀라게 할 놈이 없다네.

使君車騎簇長圍。　　　雉兎麐麚百族披。
海島但無熊虎豹、　　　林行露宿不驚疑。

11.
여염집 자제들이 향교에 유학하여
학문으로 많은 인재 기른다니 기뻐라.
큰 바다가 가로막혔다고 어찌 지맥이 끊어지랴
뛰어난 인재가 이따금 문과에 오른다네.

閭閻子弟游庠序、　　　絃誦而今樂育多。
滄海何曾斷地脈、　　　翹材往往擢巍科。

12.
두무악[8] 위에 신령한 못의 물이 있어
가물어도 마르지 않고 비가 와도 불지 않네.
천둥 벼락과 구름이 갑자기 일어나니
노니는 이들이 어찌 감히 신의 위엄을 가볍게 여기랴.

頭無岳上靈湫水、　　　旱不能枯雨不肥。
霹靂雲嵐生造次、　　　遊人疇敢褻神威。

■

8) 한라산은 고을 남쪽 20리에 있는 진산(鎭山)이다. 한라(漢拏)라고 불리
는 것은 운한(雲漢, 은하수)을 끌어당길[拏引] 만하기 때문이다. 혹은 두
무악(頭無岳)이라고도 불리는데, 봉우리마다 평평하기 때문이다. - 《신
증 동국여지승람》제38권〈제주목〉산천조

14.

순풍을 기다리며 조천관⁹⁾에 머무노라면
처자들이 서로 만나 술잔을 권하네.
한낮에도 이슬비가 부슬부슬 내리니
고래가 숨을 내뿜어서 그렇다네.

候風淹滯朝天館、　　　妻子相看勸酒盃。
日中靉霂霏霏雨、　　　知是鰍魚噴氣來。

---

9) 세 고을에서 육지로 나가는 자는 모두 여기서 바람을 기다리고, 전라도를
　거쳐서 세 고을로 들어오는 자도 모두 이곳과 애월포에 배를 댄다. -《신
　증 동국여지승람》제38권 〈제주목〉 궁실조
　세 고을이란 제주도에 있는 제주목·정의현·대정현이다.

2월 30일에 서울로 들어가려고
二月三十日將入京

처자식 생계 때문에 억지로
고향의 봄을 헛되게 버리네.
내일 아침에는 불을 금해야 하니[1]
먼 길 나그네가 눈물로 수건 적시겠네.
꽃구경하기에는 벌써 늦었고
농사일이 곳곳마다 새로운데,
강호의 맑은 눈을 가지고
시장바닥의 먼지를 받게 되어 부끄러워라.

强爲妻孥計、　　　虛抛故國春。
明朝將禁火、　　　遠客欲沾巾。
花事看看晚、　　　農功處處新。
羞將湖海眼、　　　還眯市街塵。

■
1) 한식에는 불을 쓰지 않았다. 조상 성묘를 못 해서 고향을 그리워하며 눈
　물 흘리는 것이다.

흥을 붙이다

寓興

벼슬 그만둔 지가 모두 몇 달이었나
그믐달이 여덟 번이나 돌아왔네.
세상 일을 어찌 물을 수 있으랴
친구는 아직도 돌아오지를 않으니.
진흙이 따스해지니 제비가 좋아하고
어렵사리 내린 비에 복사꽃이 피네.
고즈넉한 가운데 봄날의 흥취를 노래하니
동풍이 술잔에 불어오누나.

無君凡幾月、　　晦魄八環回。
世事詎可問、　　故人猶不來。
暖泥新燕快、　　澁雨小桃開。
寂寞歌春興、　　東風吹酒盃。

사월 초파일 관등놀이

四月八日夜與兼善登南山脚觀燈時兩宮與世
子在圓覺寺作法事

서역에서 성인이 났다고 그 누가 말했던가.
조선 땅에까지 불야성을 만들어냈네.
새벽까지 목어는 연등을 돌며 춤추고
하늘 가득한 별들은 연등대에 얽혀 밝아라.
스님들은 다투어 향당에 물을 뿌려 주고
대궐 악공들은 멀리서 법부[1]소리를 연주하네.
크게 여읜 몸으로 시나 읊고 앉았노라니
사람들 따라 닭 울도록 놀지 못해 부끄러워라.

極西誰道聖人生。　　幻做鯤岺不夜城。
徹曙魚環蓮焰舞、　　滿天星繞彩棚明。
禪寮競遺香糖水、　　御樂遙聞法部聲。
自愧吟詩仍大瘦、　　未隨釵髻到雞鳴。

■

* 원제목이 길다. 〈사월 초파일 밤에 겸선과 함께 남산 기슭에 올라 연등
　놀이를 구경하였다. 이때 양궁과 세자는 원각사에서 법사를 보았다.〉
** 연등놀이를 구경하는 남녀들이 길거리를 가득 메웠는데, 몹시 추한 소
　문이 났다. (원주)
1) 당나라 때 사원에서 연주하던 악곡의 이름이다. 현종이 법부곡을 몹시
　좋아하여, 좌부기(坐部伎) 자제 300인을 선발하여 이원(梨園)에서 법부
　를 가르쳤다고 한다.

태백의 악부에 비겨 〈동무음〉을 짓다
東武吟擬太白樂府

아침에는 〈소년행〉을 노래하고
저녁에는 〈동무음〉을 노래하니,
아침 저녁으로 노랫소리가 격렬해
이웃에서도 화음해 주네.
속 모르는 이는 나를 비웃고
아는 이들은 내 마음을 슬피 여기네.
선비가 천지 사이에 태어나면
부모의 은혜와 임금의 의리가 깊으니,
의리를 잊으면 은혜마저 잊어
어찌 새나 짐승에 가깝지 않으랴.
내게 몇백 평 집이
웅천 물가에 아득히 있어,
개미도 제 둑을 좋아하는 법이라
여기 머물고픈 마음이 떠나질 않네.
화산[1]을 차마 떠나지 못하고
객지에 오래도록 머물렀더니,

■

* 〈동무음〉은 악부 초조곡(楚調曲)의 이름인데, 이백이 가사를 지었다.
1) 화악산은 둔덕(屯德)이라고도 하는데, 고을 북쪽 19리에 있으며, 진산
   (鎭山)이다. ─《신증 동국여지승람》제26권 〈밀양도호부〉 산천조

어머님께서 편지를 보내와
고향에 연연하지 말라 하셨네.
어찌 그릇된 생각을 품고
태평성대에 공연히 숨어 사느냐,
참으로 세 끼 봉양만 받는다면
너도 또한 나의 증삼이다[2] 하셨네.
이 말씀 새겨듣고 마음이 치받쳐
눈물이 어이 그리 줄줄 흐르던지.
기왕에 천거해줄 사람도 없는 데다
하늘의 뜻도 또한 알기 어려운데,
동문들이 모두 출세했으니
마음속을 털어놀 사람도 없네.
어머님 은혜만 저버렸을 뿐 아니라
내 오랜 소원도 이룰 수 없게 되었네.
성 안에는 삼복더위가 한창이라

■
2) 증자는 두 번 벼슬했는데, 두 번 다 마음이 변했다. 그가 말했다.
　"내가 부모님이 살아 계실 적에 벼슬했을 때에는 녹봉이 3부(釜)밖에
　되지 않았지만, 그래도 마음이 흡족하였다. 그러나 그 뒤에 다시 벼슬했
　을 때에는 녹봉이 3천 종(鐘)이나 되었건만, 이미 부모님이 돌아가셔서
　마음이 슬펐다." -《장자》제27편〈우언〉
　1부는 여섯 말 넉 되이고, 1종은 두 섬 닷 말이다.

무더운 바람이 장맛비를 몰고 오는데,
시장에서 곡식 한 말과 바꾸랬더니
늙은 계집종은 명주이불 없어진다고 슬퍼하네.
굴뚝은 젖은 나무로 그을렸지만
하루에 두 번 그을린 적은 없네.
진흙탕길이 성 안에 가득하니
어디에 가서 친구들을 찾아보랴.
몸과 마음은 언제나 우울한데
세월만은 빠르기도 하구나.
상가³⁾를 불러 봐야 혼자 괴로울 뿐이고

■

3) 영척(甯戚)이 제나라 환공에게 벼슬을 얻으려고 하였지만, 곤궁해서 스
스로 목적을 이룰 수가 없었다. 그래서 행상인이 되어 짐수레를 끌고 제
나라로 가서 장사하며, 저녁에는 성문 밖에서 묵었다. 환공이 교외에서
손님을 맞이하여 밤중에 성문을 열고 들어오다가, 짐수레를 비키게 하
였다. 횃불이 매우 밝고, 뒤따르는 수레도 매우 많았다. 영척은 수레 밑
에서 소에게 꼴을 먹이고 있다가, 환공을 바라보고 슬퍼하면서 쇠뿔을
두드리며 급히 상가(商歌)를 불렀다. 환공이 이 노랫소리를 듣고는 마
부의 손을 잡아 수레를 멈추게 하면서,
"이상하다, 저 노래를 부르는 자는 보통 사람이 아니다."
하더니, 뒷수레에 싣고 오게 하였다. 환공이 궁중에 도착하자, 종자가 영
척을 어떻게 처분할 것인지 물었다. 환공은 그에게 의관을 입혀 알현하
게 하라고 하였다. 그리하여 영척이 천하를 다스리는 술책을 설명하자,
환공이 크게 기뻐하며 장차 그를 중용하려고 하였다. -《회남자》〈도응
훈(道應訓)〉

38

네거리의 술동이는 마실 수가 없네.⁴⁾

양가죽 다섯 장을 몸에 지녔지만⁵⁾

이 쌍남금⁶⁾을 누구에게 바치랴.

임류는 이삭을 주웠고⁷⁾

한음의 늙은이는 물동이를 날랐지.⁸⁾

■

4) 성인의 도는 여섯 곳으로 통하는 길목에다 술항아리를 놓아두는 격이다. 지나가는 사람이 각기 퍼서 마시는데, 많이 마시기도 하고 적게 마시기도 하여 똑같지는 않지만, 각기 적당하게 마신다. -《회남자》〈무칭훈(繆稱訓)〉

5) (제자인) 만장이 맹자에게 물었다.
   "'백리해(百里奚)가 진나라에서 희생 제물을 기르는 자에게 양가죽 다섯 장을 받고 자신을 팔아, 그의 소를 키우며 진나라 목공(穆公)에게 써주기를 구했다'고 말하는 사람이 있습니다. 정말 그랬습니까?" -《맹자》권9〈만장〉상

6) 두 배의 가치를 지닌 남금인데, 충의(忠義)를 뜻한다.

7) 임류(林類)는 나이가 거의 백 살이나 되었지만, 봄이 되면 갖옷을 걸치고 묵은 밭두렁에서 떨어진 이삭을 주우면서 노래를 부르며 다녔다. 공자가 위나라로 가다가 들에서 그를 바라보고는, 제자들을 돌아보면서 말했다.
   "저 노인은 더불어 이야기할 만한 분일 테니, 가서 말을 건네 보아라."
   -《열자》〈천서편(天瑞篇)〉

8) 자공(子貢)이 남쪽 초나라를 유람하고 진(晉)나라로 돌아오려고 한수(漢水) 남쪽을 지나다가, 한 노인을 만났다. 그는 밭이랑을 일구기 위해 땅에 굴을 파고는, 우물에 들어가 물장군에다 물을 퍼 들고 나와서 밭에

39

강호가 가난을 견디기에 좋으니
돌아갈 즐거움을 그 누가 막으랴.

朝歌少年行、　　暮爲東武吟。
朝暮聲激烈、　　隣里爲和音。
不知者笑我、　　知者惻我心。
士生天地間、　　君親恩義深。
忘義卽忘恩、　　幾何不獸禽。
我有一畝宮、　　縹渺凝川潯。
蚍蜉尙適垤、　　棲棲意靡任。
華山不忍訣、　　旅食久滯淫。

■

다 물을 주었다. 끙끙대며 힘은 많이 들었지만, 그 효과는 적었다. 그래
서 자공이 말했다.
"이곳에 기계를 쓰면 하루에 백 이랑씩 물을 댈 수 있을 것이오. 힘도
적게 들 뿐 아니라, 그 효과가 큽니다. 왜 당신은 기계를 쓰지 않으십니
까?"…(중략)…
밭일을 하던 노인이 얼굴빛을 붉혔다가, 곧 웃으면서 말했다.
"우리 스승에게 들으니, 기계가 있으면 반드시 기계를 쓸 일이 생기고,
기계를 쓸 일이 생기면 반드시 기계를 쓰려는 마음이 생긴다고 하였소.
그런 마음이 가슴속에 차있으면 순진 결백한 마음이 없어지고, 순진 결
백한 마음이 없어지면 정신과 성정이 불안하게 되어, 도가 깃들지 않게
된다고 하였소. 내가 기계를 쓸 줄 몰라서 그러는 게 아니라, 부끄러워
서 쓰지를 않는 것이라오."-《장자》제12편〈천지〉

慈母附書至、　爾無戀故林。
胡將紲繆策、　明時空陸沈。
苟得三釜養、　是亦吾曾參。
腹贗更激昂、　流淚何涔涔。
先容既乏人、　天意又難諶。
同門盡融顯、　無地傾胸襟。
春暉不啻負、　夙志墮莫尋。
城中三伏署、　緒風吹霪霖。
北市換斗粟、　老婢悲紬衾。
突有濕薪煤、　一日不再黔。
泥塗滿坊郭、　何處訪盍簪。
形神每鬱鬱、　日月但駸駸。
商歌徒自苦、　衢樽難得斟。
携持五羊皮、　曷售雙南金。
拾穗有林類、　抱甕有漢陰。
江海可固窮、　歸興誰能禁。

술 빚으라고 쌀을 보냈기에
謝任參判惠米周急托言釀酒之費

어찌 술 바꿔 마실 만한 귀어가 있으랴[1]
스스로 창자를 채울 만한 문자도 없네.
공이 이제 쌀을 보내 우리 도를 어여삐 여기니
아내 얼굴이 다시 환해진 게 우습기만 해라.

豈有龜魚堪換酒、　　　亦無文字自撑腸。
公今指廩憐吾道、　　　笑殺山妻面復光。

---

* 원제목이 길다. 〈임 참판이 궁핍한 내게 쌀을 보내면서 술 빚을 거리라
고 말했기에 고마워하다.〉
1) 태자빈객 하감(賀監)이 장안에서 나를 처음 만났을 때에 나더러 적선
(謫仙)이라고 부르면서, 자기가 차고 있던 금귀(金龜)를 풀어 술과 바꿔
마시면서 서로 즐겼다. - 이백 〈대주억하감시(對酒憶賀監詩)〉 서
하감(賀監)은 비서감을 지낸 하지장(賀知章)을 가리키며, 귀어(龜魚)는
황금으로 만든 거북과 고기 모양의 노리개이다.

종 김삼이 달아나다
奴金三亡命

천 리 타향에서 곡식이 떨어졌으니
가을이 되어도 네 배가 주렸겠지만,
어려운 때에 서로 돌보지 않고
의리와 분수를 갑자기 저버렸구나.
나무하고 풀 베기도 겁나는 데다
드나들 때에도 네가 없어 방해가 되니,
오직 조물주를 원망해야지
어리석은 자는 변화할 줄을 모르는 법일세.

千里囊箱阻、　　秋來汝腹飢。
艱難不相保、　　義分忽如遺。
既怯樵蘇力、　　兼妨出入時。
唯應怨造物、　　不與下愚移。

동성의 참새들
東城雀

동성 모퉁이에 해가 떠오르자
아름다운 손님들이 풀밭에 가득하네.
서로 새끼들을 이끌고서
날아다니며 벼이삭을 쪼네.
그들이 어찌 알랴, 서왕모의 사자가
잘못 탄환 맞고 쓰러진 줄이야.
상자 안에서 길러준 은혜가 세상에는 없으니
옥가락지를 물어다 누구에게 보답하랴.[1]

日出東城隈、　　　佳賓滿野草。
相隨黃口兒、　　　飛飛啄禾稻。
那知金母使、　　　枉爲彈射倒。
世無巾箱恩、　　　含環向誰報。

■

1) 한나라 때에 양보(楊寶)가 화음산에 들어갔다가, (노란) 참새가 솔개에
게 채여서 나무 밑에 떨어져 있는 것을 보았다. 그래서 이 참새를 가져
다가 상자 안에 두고서 황화를 백 일 동안 먹이자, 깃이 자라나 날아갔
다. 그날 밤 꿈에 황의동자가 나타나 양보에게 절하며,
"나는 서왕모의 사자인데, 어지신 그대에게 구원을 받아 감사드린다."
라고 하더니, 보답으로 옥가락지 4개를 주면서,
"그대의 자손들을 결백하게 하여 삼공에 오르도록 해주는 것이다."
라고 하였다.

중양절에 국화가 없다
重陽無菊

청녀[1]가 기세를 떨쳐 나뭇잎이 다 떨어졌는데
담장머리 노란 국화만은 이제야 꽃망울 졌네.
국화가 피는 날이 중구일인 건 알고 있지만
가난해서 술이 없는 걸 내 어찌하랴.

靑女橫陳葉脫柯。　　　墻頭黃菊尙緘花。
也知開日是重九、　　　其奈貧居無酒何。

---

1) 서리와 눈을 내리게 한다는 여신이다. 서리의 별명이기도 하다.

성지 어머님의 죽음을 슬퍼하며
誠之母氏挽章

장사꾼의 사귐이 파고들기 시작해
동문끼리도 서로 틈이 생기니,
예부터 금란지교를 지켜온 이는
백 가운데 하나에 지나지 않았네.
당에 올라 어머님께 절을 올리고는
이마에 손을 얹으며 그리워했네.
부인에게는 훌륭한 아들이 있어
나와 함께 과거에 급제하였고,
평생토록 서로 사이도 좋아
옛사람 풍모를 거의 따랐었지.
뒤를 이어 한림원에 벼슬도 하고
나란히 어사대에도 출사하면서,
이따금 그대 집에 찾아가
참으로 터놓고 담소했었지.
부인께선 북당에 계시면서
뜻 맞는 친구가 온 것을 알고,
시녀 시켜서 술상을 차려 보내
진수성찬 찾기를 기다리지 않았지.
늙으시면서 손자아이들 어루만지며
내게도 어리석음을 일깨워 주셨지.

사행은 애써 손님을 붙들었고[1]
맹자의 어머니는 이웃을 가려 살았지.[2]
어떻게 몸을 닦으면 이렇게 되랴
속으로 돌이켜보며 감격하였네.
차가운 바람이 향기로운 국화에 불고
해는 서산으로 넘어가는데,
효자의 마음을 도와주지 못해
높은 의리를 헛되이 내던져 버렸네.
광릉 들판이 아득히 멀어
상여소리는[3] 들리지도 않는데,
시를 지어 만장만 올리고 보니
남은 슬픔이 창자에 사무치네.

<hr />

1) 사행은 진나라 도간(陶侃)의 자이다. 도간이 젊은 시절에 가난했는데, 범규가 찾아왔다. 아무것도 대접할 것이 없자, 도간의 어머니가 머리털을 깎아서 술과 안주를 푸짐하게 마련하여 대접하였다.
2) 맹자의 어머니가 맹자의 교육 환경 때문에 세 차례나 이사하였다.
3) 원문의 호리(蒿里)는 태산의 남쪽에 있는 산 이름인데, 사람이 죽으면 그 영혼이 여기 와서 머문다고 한다. 변하여 무덤이라는 뜻으로 쓰인다.

市交始作俑、同門乃相隙。
古來保金蘭、什一於千百。
升堂拜蒙母、懷哉手加額。
夫人有令子、我與同桂籍。
平生推分好、庶幾追古昔。
接武院中槐、聯裾臺上柏。
往往造其門、談笑眞莫逆。
夫人在北堂、知有同襟客。
侍婢具盃觴、珍羞不待索。
含飴撫兒孫、繩我蒙可擊。
士行苦留賓、孟母知所擇。
何修而得此、內省仍感激。
嚴風吹芳菊、日向西山薄。
未助曾閔志、高義虛棄擲。
迢遞廣陵原、嗚呼蒿里隔。
誦詩只相挽、餘酸徹腸膈。

어자경을 대신하여 멀리 있는 여인에게 부치다

代魚子敬寄遠

일찍이 관서를 보며 실망해 신음하다
번거로운 심정을 수놓으며 깨뜨렸었지.
내 아노니, 그대는 추호의 아내가[1] 되기 어려워라.
한번 웃으면 참으로 백금을 걸 만하네.

曾向關西落魄吟、　　　鴛鴦機畔破煩襟。
知君難作秋胡婦、　　　一笑眞堪賭百金。

■

* 그 여인의 이름은 소백금(笑百金)이다. (원주)
  이 기생의 한번 웃음이 백금 가치가 있다는 뜻이다. 그래서 백금을 걸고
  한번 웃어 보라고 한 것이다.

1) 추호는 춘추시대 노나라 사람인데, 결혼한 지 닷새 만에 진나라로 부임
  하였다. 5년 뒤에야 돌아오다가 길가에서 뽕 따는 여인을 보고 좋아해
  금을 주었는데, 그 여인은 돌아보지도 않고 가버렸다. 추호가 집으로 돌
  아와 보니, 아까 그 여인이 바로 자기 아내였다. 그의 아내는 남편의 불
  의와 불효를 꾸짖고는 강물에 몸을 던져 죽었다.

비단 소매에 남은 향기가 아직도 가시지 않아
한 조각 마음이 대동강가를 길이 맴도네.
언제나 다시 단란한 꿈을 이루어 보려나.
품속의 반쪽 거울만²⁾ 꺼내서 보네.

羅袖餘香尙未殘。　　　　片心長繞浿江干。
何時更結團圓夢、　　　　拈出懷中半鏡看。

■
2) 진(陳)나라 서덕언(徐德言)이 후주(後主)의 누이 낙창공주에게 장가들
  었는데, 그때 난리가 나서 몸을 지키기가 어렵게 되었다. 그러자 서덕언
  이 아내와 헤어지면서 말하였다.
  "나라가 망하면 당신 같은 재색(才色)은 반드시 권력가의 집으로 들어
  가게 될 텐데, 우리의 정연(情緣)이 끊어지지 않으면 다시 만나게 되기
  를 바라오. 그러려면 마땅히 신표가 있어야 하오."
  그리고는 거울 하나를 반으로 쪼개어 한 쪽씩 나눠 가졌는데, 뒷날 그
  거울 덕분에 다시 만나게 되었다.

금강산에 올라 해 뜨는 것을 구경하다

登金剛看日出

금강산이 하늘을 찌를 듯 높고
우뚝 솟은 바위들이 가을 뼈를 드러냈네.
부상[1]의 먼 그림자를 남모르게 끌어들여
일관봉 높은 모습과 함께 우뚝하구나.
내 예전에도 기이한 곳 찾아서 절정에 올라
손으로 구름 헤치고 석실[2]을 두드렸는데,
동해바다는 눈밑의 작은 술잔 같았고
팔방의 바람이 불어와 정신이 흩날렸었지.
함께 놀던 늙은 중은 벽 기대고 졸다가
한밤중에 나그네를 깨워 해돋이를 구경가자네.
북방의 새벽 기운은 술같이 맑고
하늘 밖에선 닭 우는 소리가 어렴풋 들리는데,
이때는 밝고 어둡기가 반반이더니
누운 소수레와 수레 덮개가 띄엄띄엄 보이네.
장경성이 언뜻 보였다 빛을 거두려는데
해바퀴가 갑자기 파도를 감돌고 나와,

■

1) 동쪽 바다 해 돋는 곳에 있다는 신목(神木)인데, 신목이 있는 곳을 가리
　키기도 한다.
2) 신선이 산다는 석굴을 가리키는데, 상고시대 선인 광성자(廣成子)가 공
　동산 석실에서 살았다고 한다.

붉은 광채가 수십 길을 뛰어오르자
만 리 파도가 어룡의 굴을 뒤흔드네.
사람 세상에서는 코 고는 소리가 아직도 우레 같은데
나는 산봉우리 향해서 머리털을 말렸네.
평생에 커다란 구경이 이만하면 족하니
태산에 노닌들 어찌 이같으랴.
엄자산³⁾ 들어가는 곳은 구경할 것도 없으니
이제는 과보의 목마름이⁴⁾ 우습기만 하구나.

金剛之山高揷天、	白石亭亭露秋骨。
搏桑遠影暗句引、	日觀孤標共嶙峯。
我昔討奇凌絶頂、	手關雲關敲石室。
滄溟眼底小如杯、	八極風來神橫逸。
同遊老僧倚壁睡、	夜半蹴客候初日。
北方沆瀣澄似酒、	天外鷄鳴聞彷彿。

■
3) 서쪽 해 지는 곳에 있다는 산 이름이다.
4) 과보가 자기 힘을 헤아리지도 않고 해 그림자를 뒤쫓으려 했다. 해를 좇
   다가 우곡(隅谷)가에 이르자 목이 말라서, 물이 마시고 싶어졌다. 황하
   와 위수(渭水)로 나가 물을 마셨지만, 황하와 위수의 물만으로는 부족
   했다. 그래서 북쪽으로 달려가 큰 연못의 물을 마시려고 했지만, 도착하
   기 전에 길에서 목이 말라 죽었다. -《열자》〈탕문편(湯問篇)〉

是時暘谷半明暗、　　臥牛車蓋爭點綴。
長庚睒睒欲收芒、　　火輪忽輾波濤出。
紅光騰起數十丈、　　萬里驚盪魚龍窟。
人寰鼻息尙雷鳴、　　輒向峯頭晞我髮。
平生偉觀此已足、　　岱宗之遊豈相垺。
不須崦嵫看入處、　　至今冷笑夸父渴。

눈온뒤에 범을 쏘다

雪後射虎

서산 비탈의 숲이 어찌 그리도 빽빽한지
호랑이가 먹이를 찾아와 굴 파고 사네.
대낮에 짐승을 노려 제멋대로 채가니
소나 양을 못 먹이고 나무꾼도 끊어졌네.
장군이 사나운 범을 없애겠다고 분발하여
뒤가 짧은 옷에다 긴 창 짧은 창 다 물리치고,
맨몸으로 말 타고 숲을 돌며 짓밟으니
사발만한 발자국이 눈 위에 찍혀 있네.
백우전 뽑아 들고 멀리서 질타하니
꼬리 내리고 머리 떨궈 기가 이미 꺾였네.
장군은 범이 되고 범은 쥐가 되어서
얼음벼랑도 찢어지게 부르짖으며 붉은 피를 뿌렸네.
날카로운 어금니에 발톱도 쓸모가 없게 되어
동네 늙은이들이 와서 치하하고 아이들도 기뻐하네.
성곽으로 가지고 돌아와 공소에 바치니
황금 비단이 줄이어 장군의 깃발 따르네.
인간의 굳센 용맹이 이러하거늘
어찌 천교1)가 감히 날뛰랴.

■

1) 하늘이 교만하도록 내버려둔 자식이란 뜻인데, 흉노를 가리킨다.

그런데도 당시에 등상의 걱정을 면치 못했으니
한나라 비장군을 말할 수가 없네.[2]

西山林麓何蒙密。　　有虎擇肉來爲穴。
白日耽耽忿挐攫、　　牛羊罷牧樵蘇絶。
將軍除暴志自猛、　　短後之衣屛矛鏃。
挺身盤馬躙叢薄、　　新蹄如梡印積雪。
手撚白羽遙叱吒、　　塌尾垂頭氣已奪。
將軍爲虎虎爲鼠、　　吼裂冰崖濺股血。
鉅牙鉤瓜無所施、　　父老來慶童稚悅。
昇歸城郭獻公所、　　金帛絲絡隨旌節。
人間勇毅得寧馨、　　豈有天驕敢奔軼。
當時未免騰傷患、　　漢將如飛不堪說。

장군은 포악한 자 치기를 용감하게 여겨
용황[3]의 개돼지 소굴을 소탕하려 했었네.
평생에 그 누구도 견제치 못할 기량 갖추었건만

■

2) 한나라 장군 이광을 흉노들이 비장군이라 불렀다. 원문의 등상(騰傷)은
　 "호랑이가 날뛰어 이광에게 상처를 입혔다.[虎騰傷廣]"에서 나온 말이
　 다.
3) 흉노들이 용성에서 하늘에 제사지냈으므로, 흉노를 이렇게 표현하였다.

세상이 태평하여 힘쓸 곳이 없었네.
서산에 이마 흰 호랑이가 내려와
가축을 잡아먹어 모두들 걱정한다는 말 듣고는,
손에 침 뱉고 눈 부릅뜨며 다 잡아 없애길 기약하니
그때 바로 산골짜기에 눈이 그쳤네.
자류마 타고 숲 사이를 마구 짓밟고 다니자
호랑이가 문득 제 굴 앞에 사람처럼 섰네.
잠깐 사이에 굳센 화살이 그 배를 관통하니
휙 소리가 과녁을 깨뜨린 게 참으로 한순간일세.
얼룩무늬 꽁무니에 눈을 부릅떴지만
눈 위의 풀과 나무들이 모두 피로 물들었네.
기병들은 서로 돌아보며 얼굴 파래지고
늙은이들이 다퉈 구경 나오니 골목이 가득 메웠네.
북평태수 이광의 솜씨도 이보다는 아래이니
새 떨어뜨리고[4] 원숭이 부르짖는[5] 따위는 말할 것도 없네.

■

4) 이광이 흉노와 싸울 적에 수리를 떨어뜨릴 만한 흉노의 장사 3명이 나
타나 한나라 군사를 많이 죽였는데, 이광이 끝내 이들을 다 쏘아 죽였
다. 이 시에서는 쏘아 떨어뜨리기가 아주 어려운 수리를 쏘아서 잡은 명
사수를 가리키는 말로 쓰였다.
5) 초나라 왕에게 흰 원숭이가 있었는데, 왕이 스스로 그 원숭이를 쏘면 그

인간에 이 같은 장사가 있다면
그 집에 마땅히 장군의 깃발이 세워지리라.

將軍服猛格暴以爲勇、　　欲掃龍荒犬羊窟。
平生技癢掣不得、　　　　時屬太平無處洩。
西山聞有白額候、　　　　據食民畜人蹙頞。
唾手瞋目期盡殪、　　　　是時巖壑初罷雪。
紫騮蹴踏叢薄間、　　　　虎便人立當其穴。
須臾勁箭洞心腹、　　　　劃若破的眞一瞥。
班爛尻脽空支撑、　　　　雪上草木皆爲血。
從騎相顧色如藍、　　　　村中耆艾爭塡咽。
北平太守斯下風、　　　　鳥下猿號不足說。
人間壯士有如此、　　　　門戶當看豎旌節。

■

원숭이가 화살을 받아 잡고 장난하였다. 그러나 (활쏘기의 명수인) 양유기에게 쏘도록 하자, 그가 활시위를 당겨 화살이 활시위를 떠나기도 전에 원숭이가 기둥을 안고 울부짖었다. 아직 맞기도 전에 맞을 징조가 나타났기 때문이었다. -《회남자》〈설산훈(說山訓)〉

경주의 한식날
東都寒食

천한 백성들에게도 모두 자손이 있어
곳곳마다 댓가지에 지전1)이 나부끼건만,
신라 왕들의 능묘에는 추구2) 하나도 없고
봄 들판에 지전 태운 흔적만 보이네.

馬隷牛醫有子孫。　　　竹枝處處紙錢飜。
羅王陵墓無芻狗、　　　只見春蕪覆燒痕。

■
1) 옛날에는 장례를 지내며 귀신에게 종이로 만든 돈을 바쳤는데, 일을 마
친 뒤에는 이 돈을 묻거나 불태웠다. 뒤에는 한식날에 묘제를 지내고 나
서 이 지전을 불태웠다.
2) 짚으로 만든 개인데, 중국에서 제사에 썼다.

동래현 온천
東萊縣溫井

바위 겹겹이 둘린 금정산
그 아래에서 유황수가 나오네.
천 년 동안이나 찌는 듯 끓어올라
달걀도 익힐 수가 있네.
그 누가 땔나무를 마련하는지
신이 시키는 일은 헤아릴 수가 없네.
내 여기 와서 오랫동안 탄식하다가
때나 한번 씻어내기로 했네.
신라 왕의 구리기둥 흔적이
아직까지도 석추 속에 박혀 있으니,
당시에 큰 은총 입은 것이
여산의 온천[1] 터와 무어 다르랴.
이제는 이 바다 한쪽 귀퉁이까지
임금 행차하시기가 쉽지 않으니,
태수여, 온천을 수리하지 마소
백성들만 괴롭힐까 걱정스럽네.

■
1) 당나라 현종이 여산 온천에 자주 행차하여 노닐었다. 이곳에 화청궁을
   짓고 양귀비를 머물게 하기도 하였다.

巖巖金井山、下有硫黃水。
千載沸如蒸、可以熟雞子。
誰供薪爨用、莫測神所使。
我來久嘆息、塵垢聊一洗。
羅王銅柱痕、猶在石甃裏。
當時被寵遇、何異驪山址。
今焉海一角、巡幸非容易。
太守勿修繕、只恐勞民耳。

경주 효소왕의 묘

慶州孝昭王墓

하나의 만두[1]에 풀과 나무만 황량한데
고을 사람들은 아직도 효소왕을 기억하네.
구천의 오리와 기러기는 지금 어디에 있는지
오직 밭 갈던 농부만 상석에 앉아 밥을 먹네.

一箇饅頭草樹荒。　　　邑人猶記孝昭王。
九泉鳧鴈今安在、　　　唯有耘夫飯石床。

■
* 효소왕은 신라 제32대 임금인데, 그의 능은 경주 조양동에 있으며, 사적
　제184호이다.
1) 토만두(土饅頭)의 준말인데, 흙을 동그랗게 쌓아올린 무덤을 가리킨다.

도요저

都要渚

동쪽 이웃 여인이 서쪽 이웃으로 시집가고
남쪽 배의 고기를 북쪽 배에다 나눠주네.
한 조각 강가에서 생업이 좁기도 하니
자손들이 끝내 농사지을 꿈도 못 꾸네.

東隣有女西隣嫁、　　南舫魚來北舫分。
一片江堧生事窄、　　子孫終不夢耕耘。

■

* (도요저는) 김해와 밀양 경계에 있다. 이곳 백성들은 수백여 호가 대대
로 생선장사를 생업으로 삼고 농사를 짓지 않았다. 어떤 아낙네가 음란
한 짓을 하자, 그의 집을 파서 방죽을 만들고, 그 아낙네는 배에다 실어
강에 띄워서 내쫓았다. (원주)

정월 초닷새날 안강현 동산에서 사냥을 마치다

正月初五日安康縣東山罷獵

많은 군사가 겹겹이 산을 둘러쌌다가
날 저물고 구름이 사나워지자 깃발 거두고 돌아오네.
화살 가지고도 백액호를 쏘아 잡지 못하고
온통 벌건 하늘에 불이라도 났는지 알고 놀라네.
고아와 과부의 원수를 장차 갚으려 했는데
언월도와 장팔사모 군사들 기세가 절로 막혔네.
서생들은 쓸데가 없다고 말하지 마오.
비장한 뜻이 끝내 후산[1]을 굴복시키려 하네.

長圍簇簇繞重巒。　　落日頑雲卷斾還。
未把忘歸穿白額、　　忽驚回祿絳玄顔。
孤兒寡婦讐將報、　　偃月長蛇勢自閑。
莫謂書生無用處、　　壯心終欲服侯姍。

■

1) 한나라 시절 흉노의 추장 호한야선우(呼韓邪單于)의 이름인 계후산(稽侯狦)을 가리키는데, 산(狦)자가 산(姍)자로 잘못 되었다.

장현 아래 인가에서

長峴下人家在蔚山西三十餘里

울타리 밖에는 붉은 복사꽃에다 대나무 두어 대가 서 있고
내리는 빗발 사이로 복사꽃이 흩날리네.
늙은 농부는 쟁기 지고 아이는 송아지를 타니
자미의 시에 나오는 서엄의 인가[1] 같구나.

籬外紅桃竹數科。　　　雪雪雨脚間飛花。
老翁荷耒兒騎犢、　　　子美詩中西崦家。

■

* 원제목이 길다. 〈장현 아래 인가에서 시를 지었다. 울산 서쪽 삼십여 리
  쯤에 있다.〉
1) 참새들은 초가지붕에 노닐고
   울타리에는 솔과 국화가 둘렀네.
   마치 무릉의 저녁 경치 같아서
   도원을 찾아 묵고 싶어라.
   鳥雀依茅茨、　　　藩籬帶松菊。
   如行武陵暮、　　　欲問桃源宿。
   - 두보 〈적곡서엄인가시(赤谷西崦人家詩)〉

회소곡

會蘇曲

신라 유리왕 9년에 6부의 호칭을 정하고 중간을 나누어 둘로 만든 다음, 왕녀 2인으로 하여금 각각 부내(部內)의 여인들을 거느리고 편을 나누게 하였다. 7월 보름날 이른 아침부터 대부의 마당에 모아놓고 길쌈을 하여 2경쯤에 일을 끝냈는데, 8월 보름날까지 계속 일하였다. 그런 뒤에 그 공이 많고 적음을 살펴서, 진 쪽에서 술과 음식을 마련하여 이긴 쪽에 사례하도록 하였다. 이 잔치에서 노래와 춤에다 온갖 놀음을 다 베풀었으므로, 이를 가배(嘉俳)라고 하였다. 이때 진 쪽의 한 여자가 일어나 춤을 추면서 탄식하기를 "회소(會蘇), 회소(會蘇)"라고 하였는데, 그 음조가 슬프고도 우아하였다. 그래서 뒷사람들이 그 소리를 본따 노래를 짓고는, 그 이름을 〈회소곡〉이라고 하였다.

회소곡이여, 회소곡이여.
서풍이 넓은 마당에 불어오고
밝은 달빛이 화려한 집에 가득한데,
왕의 따님이 윗자리에 앉아 물레를 돌리니
육부의 여인네들이 대숲처럼 많이 모였네.
네 광주린 이미 찼는데 내 광주린 비었구나.
술 걸러 놓고 야유하며 웃고 떠드네.
한 여인네가 탄식하자 모두들 권면하니
앉은 채로도 사방에서 부지런히 길쌈하게 하였네.
가배놀이가 비록 규중의 예의는 아니지만
다퉈 소리 지르는 발하[1]보다는 오히려 나아라.

■
* 이하 6수는 동도악부(東都樂府)라는 제목으로 소개되어 있다.

會蘇曲會蘇曲。

西風吹廣庭、　　　　　明月滿華屋。

王姬壓坐理繅車、　　　六部女兒多如簇。

爾筥旣盈我筐空、　　　釃酒揶揄笑相詬。

一婦嘆千室勸勤、　　　坐令四方勤杼柚。

嘉俳縱失閨中儀、　　　猶勝拔河爭嗃嗃。

■

1) 당나라 중종 때에 궁녀들이 즐겼던 놀이인데, 삼으로 꼰 큰 동아줄의 양
　쪽 끝에다 각각 10여 줄의 작은 새끼줄을 매고, 줄 하나마다 서너 명씩
　잡아당기는 줄다리기이다. 힘이 약해서 끌려가는 쪽이 지게 된다.

우식곡
憂息曲

실성왕 원년에 내물왕의 왕자 미사흔(未斯欣)을 왜국에 볼모로 보냈고, 11년에는 또 미사흔의 형인 복호(卜好)를 고구려에 볼모로 보냈다. 그러다가 눌지왕이 즉위하여 두 아우를 보고 싶어하자, 변사를 얻어 고구려와 왜국에 가서 두 아우를 맞아오기로 하고, 여러 신하들이 삽량군 태수 박제상(朴堤上)을 천거하였다. 박제상은 왕명을 받들고 고구려에 들어가 복호를 맞이하여 돌아온 다음, 또 바다를 건너 왜국에 이르러서 왜왕을 속이고 몰래 미사흔으로 하여금 본국으로 돌아오게 하였다. 그러자 왕이 대단히 기뻐하면서 6부에 명하여 멀리 나가서 맞이하게 하고, 두 아우를 만나게 되자 서로 손을 잡고 울었다. 그런 뒤에 형제들이 다 모여서 술잔치를 베풀고 맘껏 즐겼다. 이때 왕이 스스로 노래를 지어 자신의 뜻을 폈는데, 세상에서 이 노래를 〈우식곡〉이라 하였다.

아가위꽃[1]이 바람을 따라 부상[2]에 떨어지니
부상 만 리에 고래 물결이 사납기도 해라.
아무리 편지를 띄운들 누가 가져오랴.
아가위꽃이 바람을 따라 계림으로 돌아오니
계림의 봄빛이 대궐에 둘렸네.
우애로운 정이 이렇게도 깊구나.

■
1) 아가위꽃이 활짝
　 환하게 피었네.
　 세상 사람 가운데
　 형제보다 좋은 사람 없어라.
　 常棣之華、　　 鄂不韡韡。
　 凡今之人、　　 莫如兄弟。

常棣華隨風落扶桑。   扶桑萬里鯨鯢浪。
縱有音書誰得將、   常棣華隨風返鷄林。
鷄林春色擁雙闕、   友于歡情如許深。

■

죽을 고비 당해서도
형제만은 염려해 주고,
벌판 진펄 잡혀가도
형제만은 찾아다니네.
死喪之威、   兄弟孔懷。
原隰裒矣、   兄弟求矣。
- 《시경》〈상체(常棣)〉
《시경》〈상체〉는 형제의 우애를 읊은 노래이다. 이 시에서는 아우가 왜
국으로 잡혀갔다는 뜻이고, 형제가 구해 주어야 한다는 뜻까지 표현되
었다.
2) 부상은 해 뜨는 곳에 있는 나무인데, 이 시에서는 왜국, 또는 동해바다
를 가리킨다.

치술령

鵄述嶺

박제상이 고구려에서 돌아와 처자식도 만나보지 않고 곧바로 왜국을 향해서 가자, 그의 아내가 뒤따라 율포까지 이르렀다. 자기 남편이 이미 배 위에 있는 것을 보고 남편을 부르며 큰소리로 통곡하였지만, 박제상은 손만 흔들어 보이고 가버렸다. 박제상이 결국 왜국에서 죽자, 그의 아내는 남편 사모하는 마음을 감당치 못하여, 세 낭자를 데리고 치술령에 올라가 왜국을 바라보고 통곡하다 죽었다. 그래서 치술령의 신모가 되었다.

치술령 꼭대기에 올라 일본을 바라보니
하늘에 닿은 물결은 끝도 없구나.
낭군은 떠날 때에 손만 흔들었는데
살았는지 죽었는지 소식도 없네.
소식이 끊어지고 길이 헤어졌으니
죽은들 산들 어찌 다시 만날 때가 있으랴.
하늘에 부르짖다 무창의 돌로[1] 화했으니
열녀의 기백이 천추에 하늘을 찌르네.

鵄述嶺頭望日本。　　粘天鯨海無涯岸。
良人去時但搖手、　　生歟死歟音耗斷。
音耗斷長別離。　　　死生寧有相見時。
呼天便化武昌石。　　烈氣千載干空碧。

■
1) 호북성 무창 북산에 있는 망부석이다. 옛날 어느 열녀가 국난에 징병되어 간 남편을 북산에 올라가 바라보다가 그대로 돌이 되었다고 한다.

달도가

怛忉歌

소지왕 10년에 왕이 천천정(天泉亭)에서 노니는데, 어떤 늙은이가 못 속에서 나와 글을 바쳤다. 그런데 그 겉에, "(이 글을) 뜯어보면 두 사람이 죽고, 뜯어보지 않으면 한 사람이 죽는다."고 쓰여 있었다. 왕이 말하길, "두 사람이 죽게 하는 것보다, 뜯지 말고 한 사람만 죽게 하는 것이 낫겠다."고 하였다. 일관(日官)이 아뢰길, "두 사람은 백성이고, 한 사람은 왕입니다."라고 하자, 왕이 두려워하며 그 글을 뜯어보게 하였다. 거기에는 "거문고 갑을 쏘아라[射琴匣]"라고 쓰여 있었다. 그래서 왕이 궁에 들어가 거문고 갑을 보고는, 벽에 세워 놓고 쏘아 넘어뜨렸다. 그런 뒤에 보니, 바로 내전(內殿)에서 향을 사르며 도를 닦는 중이 있었다. 왕비가 그를 데리고 간통하면서 왕을 시해하려 하였으므로, 결국 왕비도 죽였다.

그 뒤부터는 나라 풍속에 해마다 정월 상진일(上辰日)·상해일(上亥日)·상자일(上子日)·상오일(上午日)에 모든 일을 금기하여, 감히 일하지 않았다. 이를 가리켜 달도일(怛忉日)이라 하였다. 굳이 4일을 정한 것은 그때 마침 까마귀[烏]·쥐[鼠]·돼지[豕]의 요괴가 있어, 기사를 시켜 추격하게 한 결과 용(龍)을 만났기 때문이다. 그리고는 16일을 오기일(烏忌日)로 삼아 찰밥으로 제사지냈다.

놀랍고도 슬프구나.
임금께서 하마터면 목숨을 잃을 뻔했네.
오색 술 장막 속에 거문고가 거꾸러지니
아름다운 왕비가 해로하기 어렵게 되었네.
슬프고도 놀라워라.
귀신이 안 알렸으면 어찌 되었으랴
귀신이 알려주어 나라 운수가 길어졌구나.

怛怛復忉忉。　　　大家幾不保。
流蘇帳裏玄鶴倒。　　揚且之皙難偕老。
忉怛忉怛。
神物不告知柰何、　　神物告兮基圖大。

양산가

陽山歌

김흠운(金歆運)은 내물왕의 8세손인데, 젊어서 화랑 문노(文努)의 문도가 되어 따라다녔다. 영휘 6년(655년)에 태종 무열왕이 흠운을 낭당대감으로 삼아 백제를 치게 하자 그가 양산 아래에다 진영을 두었는데, 백제군이 그것을 알아차리고 밤중에 급히 몰려와 새벽에 진루(陣壘)를 타고 쳐들어왔다. 그러자 신라군은 놀라서 어쩔 줄을 몰랐으며, 날으는 화살이 빗살처럼 쏟아졌다. 그래서 흠운이 말을 타고서 적을 기다리고 있었는데, 종자가 고삐를 잡고 돌아가기를 권하였다. 흠운이 칼을 뽑아 그를 쳐버리고, 마침내 대감 예파(穢破)·소감 상득(狀得)과 함께 적진으로 달려가 싸우다가, 몇 사람을 죽이고 자신도 죽었다. 이때 보기당주(步騎幢主) 보용나(寶用那)가 흠운이 죽었다는 말을 듣고는 탄식하여 말하였다.

"저 사람은 골품이 귀하고 권세가 높은데도 오히려 절조를 지켜 죽었는데, 나는 살아도 도움될 것이 없고 죽어도 손해될 것이 없지 않은가."
마침내 적에게 달려가 싸우다 죽었으므로, 당시 사람들이 〈양산가〉를 지어 그를 슬퍼하였다.

적국이 멧돼지처럼 사나워
우리 변경을 차츰 먹어 삼키니,
용맹스러운 화랑의 무리들이
나라에 보답하느라 마음에 겨를이 없네.
창을 메고 처자를 하직하며
샘물로 입 닦고 말린 쌀을 먹다가,
적들이 밤에 성루를 무찌르자
굳센 넋이 칼 끝에 흩어졌네.
머리 돌려 양산의 구름을 바라보니

무지갯빛이 높이 뻗쳤네.
슬프구나, 네 사람의 대장부가
마침내 북방의 강함이[1] 되었네.
천추에 웅혼한 귀신이 되어
서로 더불어 제사를 흠향하네.

敵國爲封豕、	荐食我邊疆。
赳赳花郞徒、	報國心靡遑。
荷戈訣妻子、	嗽泉啖糗粻。
賊人夜劅壘、	毅魂飛劍鋩。
回首陽山雲、	矗矗虹蜺光。
哀哉四丈夫、	終是北方强。
千秋爲鬼雄、	相與歆椒漿。

■

1) 무기와 갑옷을 깔고 지내면서 죽어도 싫어하지 않는 것이 북방 사람의
   강함[北方之强]이다. ―《중용》 제10장

황창랑
黃昌郞

황창랑(黃昌郞)은 어느 시대 사람인지 알 수 없다. 세상에 전하는 말에 의하면, 여덟 살 되는 아이가 신라 왕을 위해서 백제에 원수를 갚으려고 백제 시장에 가서 춤을 추었다고 한다. 시장 사람들이 그 춤을 구경하려고 담장처럼 둘러싸자, 백제 왕이 그 말을 듣고는 그를 궁궐로 불러들여 춤을 추게 하였는데, 창랑이 그 자리에서 백제 왕을 찔러 죽였다고 한다. 그래서 후세에 가면을 만들어 그의 모습을 본뜨고 처용무와 함께 추었는데, 역사를 상고해 봐도 전혀 증거될 만한 사실이 없다.
그런데 쌍매당(雙梅堂 · 이첨)이 말하기를, "이는 창랑이 아니라 관창(官昌)이 와전된 것이다."라고 하면서 변론하였다. 그러나 그 또한 억설이므로 믿을 수가 없다. 지금 그 춤을 보면 휘돌아가면서 이리저리 돌아보고 언뜻언뜻 바뀌는 것이 늠름하여, 마치 생기가 있는 듯하다. 그 절주[節]는 있으나 사(詞)가 없으므로, 아울러 시를 짓는다.

이 어떤 사람이기에 겨우 칠팔 세에
석 자도 안 되는 키에 어찌 그리도 기백 있었나.
평생에 왕기¹⁾를 자기 스승으로 삼아
나라 위해 부끄럼 씻었으니 마음에 여한 없겠네.
칼날이 목을 겨눠도 다리를 떨지 않고
칼날이 심장을 겨눠도 눈조차 흔들리지 않았네.

---

1) 춘추시대 노나라 애공(哀公)의 폐동(嬖童)이었는데, 제나라와 싸울 때에 애공의 수레에 함께 타고 싸우다가 전사하였다.《좌전》애공 11년에 나온다.

공을 이루고는 춤 그치고 유유히 떠나니
겨드랑에 태산을 끼고 북해도 뛰어넘겠네.[2]

若有人兮纏離韶。　　身末三尺何雄驍。
平生汪錡我所師、　　爲國雪恥心無懾。
劍鐔擬頸股不戰、　　劍鍔指心目不搖。
功成脫然罷舞去、　　挾山北海猶可超。

■

2) 태산을 옆에 끼고 북해를 건너뛰는 것을 남에게 "나는 할 수 없다."고 말
   한다면, 이는 참으로 할 수 없는 것입니다. 그러나 어른을 위해서 팔다리
   주물러 드리는 것을 남에게 "나는 할 수 없다."고 말한다면, 이것은 하지
   않는 것이지, 할 수 없는 것이 아닙니다.《맹자》권1〈양혜왕〉상
   태산을 겨드랑이에 끼고 북해를 뛰어넘는다는 것은 초인적 능력을 비
   유한 말이다.

사방지
舍方知

사방지는 사천(私賤)이었는데, 어려서부터 그의 어머니가 그에게 여자 아이의 옷을 입히고 화장시켰으며, 옷 짓는 법을 가르쳤다. 그래서 그가 자란 뒤에는 조정 사대부들의 집을 자주 드나들면서 여인들과 많이 간통하였다.

선비 김구석(金九石)의 아내 이씨는 판원사(判院事) 이순지(李純之)의 딸이었는데, 과부로 지내면서 사방지를 끌어들였다. 옷을 짓는다고 핑계 대면서 밤낮으로 함께 지낸 지가 거의 10년이나 되었다. 그러다가 천순 7년(1463년) 봄에 사헌부에서 그 소문을 듣고 그를 국문하다가 그와 평소에 정을 통해 왔던 한 비구니를 신문하게 되었는데, 그 비구니가 "(사방지의) 양도(陽道)가 매우 장대했다."고 하므로, 여의(女醫) 반덕(班德)에게 그것을 만져보게 하였더니 과연 그러하였다. 그러자 임금께서 승정원 및 영순군(永順君) 이부(李溥)·하성위(河城尉)·정현조(鄭顯祖) 등으로 하여금 여러 가지로 조사하게 하였는데, 하성위의 누이가 바로 이씨의 며느리였다. 그래서 하성위도 또한 놀라 혀를 내두르며 말하기를, "어찌 그리도 장대할 수가 있겠습니까?"라고 하였다. 그러자 임금께서도 웃고는 더 이상 캐어묻지 말도록 하면서 이르기를, "순지의 집안을 더럽힐까 염려된다."고 하였다. 사방지를 순지에게 (맡기며) 알아서 처벌하도록 하니, 순지가 사방지에게 장(杖) 10여 대만 쳐서 기내(畿內)에 있는 종의 집으로 보내 버렸다. 그러자 이씨가 다시 사방지를 몰래 불러들였다. 순지가 세상을 떠난 뒤에 더욱 끝없이 방자하게 굴므로, 올해 봄에 재추(宰樞)가 임금 앞에서 이야기하는 가운데 이 사실을 아뢰고, 사방지에게 곤장을 쳐서 신창현으로 유배보냈다. 내가 이 사실을 듣고 2수를 지었다.

비단 장막 깊은 곳에다 몇 번이나 몸을 숨겼나.
치마와 비녀를 벗고 보니 진실이 문득 드러났네.
조물주는 예전부터 변환을 용납하였으니
세간에는 아직도 음양을 겸한 사람이 있다네.

絳羅深處幾潛身。　　　脫却裙釵便露眞。
造物從來容變幻、　　　世間還有二儀人。

남녀를 어찌 번거롭게 산파에게 물으랴.
요망한 여우가 굴을 파서 남의 집을 패망케 했네.
길거리에선 시끄럽게 〈하간전〉[1]을 노래하는데
규방 안에서는 슬피 〈양백화〉[2]를 노래하네.

男女何煩問座婆。　　　妖狐穴地敗人家。
街頭喧誦河間傳、　　　閨裏悲歌楊白華。

■
1) 하간 지역에서 대대로 전해 오는 정악이다.
2) 양백화는 위나라의 명장 양대안(楊大眼)의 아들 이름인데, 호태후(胡太后)가 그와 간통하였다. 그가 후환을 두려워하며 양나라로 달아나자, 호태후가 그를 그리워하며 이 노래를 불렀다고 한다. 악부 잡곡가사의 하나이다.

미인을 대신해서 세번에게 화답하다
代美人和世蕃

3.
이별에 간장이 마디마디 끊어지고 귀는 듣지도 못 해
죽고 사는 관문 앞에서 길이 이미 나뉘었지요.
스물한 개 환약을 삼키고 난 뒤에야
겨우 정신이 돌아와 당신이 생각났지요.

離腸寸斷耳無聞。　　　生死關前路已分。
二十一圓呑下後、　　　惺惺魂返却思君。

5.
흙침상에서 당신과 함께 명주이불 덮고 자면서
사흘 동안 내 오두막에서 묵은 인연을 마쳤었지요.
헤어진 뒤에는 옆집에서 비웃거나 말거나
비파소리 서글퍼 하룻밤이 일 년 같네요.

土牀紬被共君眠。　　　三日蝸廬了宿緣。
別後從敎傍舍笑、　　　琵琶悽咽夜如年。

■
  * 세번은 김종직의 친구인 김계창(金季昌)의 자이다. 아내가 먼저 세상을
    떠나자 친구들이 위로하는 글을 지었다.

가흥참

可興站

우뚝 솟은 계립령이
옛부터 남북의 경계였는데,
북쪽 사람들은 호화로운 생활을 즐겨
남쪽 사람들의 기름과 피를 달게 먹었네.
소수레로 험난한 산길을 오면서 보니
들판에 농사짓는 사내가 하나도 없네.
강가에서 밤마다 서로 베고 자니
아전들이 어찌 그리도 사나운가.
시장에선 생선을 가늘게 회치고
주막에는 술이 뜨물 같네.
돈 거둬서 노는 계집을 불러오니
머리 꾸미개에 연지를 발랐네.
백성들은 심장이라도 깎은 듯 괴로운데

■

* 가흥참: 가흥역 옆에 있다. -《신증 동국여지승람》 제14권 〈충주목〉 역
원조
가흥역: (충주) 고을 북쪽 30리에 있다. - 같은 글.
가흥창(可興倉): 옛날에는 덕흥창이라 불렸으며, 경원창이라고도 불렀
다. 가흥역 동쪽 2리에 있다. 예전에는 금천(金遷) 서쪽 언덕에 있었는
데, 세조 때에 이곳으로 옮겼다. 경상도 여러 고을과 본주(충주)·음성·
괴산·청안·보은·단양·영춘·제천·진천·황간·영동·청풍·연풍·청산
등 고을의 전세(田稅)를 이곳에서 거두어 배로 서울까지 옮기는데, 뱃
길로 260리이다. - 같은 글.

아전들은 방자하게 취해서 떠들어대네.
게다가 곡식까지도 토색질하니
조운선(漕運船)도 마땅히 부끄러워하겠네.
관청에서 매긴 세금은 십분지 일인데
어찌하여 이분 삼분까지 바치게 하나.
강물은 저 혼자 도도히 흘러가며
밤낮으로 구름과 아지랑이를 불어서 보내네.
배 돛대가 협곡 어구에 가득히
북쪽에서 내려와 다투어 실어 가니,
남쪽 사람들이 얼굴 찡그리며 보는 것을
북쪽 사람 그 누가 알 수 있으랴.

嵯峨鷄立嶺、　　　終古限北南。
北人鬪豪華、　　　南人脂血甘。
牛車歷鳥道、　　　農野無丁男。
江干夜枕籍、　　　吏胥何婪婪。
小市魚欲縷、　　　茅店酒如泔。
釀錢喚遊女、　　　翠翹凝紅藍。
民苦剜心肉、　　　吏恣喧醉談。
斗斛又討贏、　　　漕司宜發慚。
官賦什之一、　　　胡令輸二三。

江水自滔滔、　　日夜嘘雲嵐。
帆檣蔽峽口、　　北下爭驂驔。
南人魘頻看、　　北人誰能諳。

돼지를 잡고 술을 마시다

初五日鹿巖山獲猪飲于江磧上品官及僧戒勤
亦持酒至

녹암산 어구에 배를 대고서
모두 함께 오장군[1]을 쫓노라니,
산꽃들은 말굽에 채여 떨어지고
시냇가 풀은 옷에 닿아 향기로워라.

■

* 원제목이 길다. 〈초닷새날 녹암산에서 돼지를 잡고 강가 백사장에서 술을 마시는데, 품관 및 승려 계근이 또한 술을 가지고 왔다.〉
** 이때 청룡사 마굿간에서 불이 났는데, 품관(品官)의 노복이 한 짓이라고 하여, 사주(社主)가 와서 종자를 마구 때리며 말 여섯 마리를 빼앗아 갔다. 그러자 계근이 사람을 시켜 그를 꾸짖고는, 말을 돌려보냈다. (원주)
1) 곽원진(郭元振)이 개원(開元) 연간에 집으로 내려가는데, 진나라 분수에서 밤중에 길을 잃어, 어느 사당에 들어갔다. 그 사당에서 여자가 곡하는 소리가 들렸는데, (곽원진에게 이렇게) 말하였다.
"이 시골 사당에 오장군이라는 자가 있는데, 해마다 와서 화를 끼칩니다. 그래서 마을 사람들이 반드시 아름다운 처녀를 골라서 그에게 시집 보내는데, (올해에는) 저의 아버지가 몰래 응해서 (제가) 뽑혔습니다."
그러자 공이 크게 분히 여기며 말하였다.
"그놈이 언제 오는지, 내가 반드시 힘을 다해서 구해 주겠소."
얼마 뒤에 장군이 들어왔는데, 공이 주머니에서 작은 칼을 꺼내어 그의 팔뚝을 잡고 끊어 버렸다. 날이 밝은 뒤에 그 손을 보았더니, 바로 돼지의 발굽이었다. 사람을 시켜 활과 칼·가래삽·가마솥 따위를 가지고 핏자국을 따라가게 하였더니, (그 핏자국이) 커다란 무덤 속으로 들어갔다. 에워싸고서 친 뒤에 보니, 왼쪽 앞다리가 없는 큰 돼지 한 마리가 그 가운데 죽어 있었다. ─ 왕운《유괴록(幽怪錄)》

화재에 대해선 원망할 것 없으니
도리어 덕운²⁾에게 고맙다고 말해야지.
강머리에서 맘껏 취하자
어부들 노랫소리가 달빛 아래서 들리네.

艤船鹿巖口、　　共逐烏將軍。
山花拂馬落、　　氵閒草侵衣薰。
不用怨回祿、　　還須問德雲。
江頭拚一醉、　　漁唱月中聞。

2) 흔히 선재동자(善財童子)라고도 불린다. 일찍이 53 선지식(善知識)을 두
루 뵙고, 마지막으로 보현보살을 만나서 십대원(十大願)을 들은 뒤에 아
미타불국토에 왕생하였다는 구도자이다. 이 시에서는 스님 계근을 가리
킨다.

가야의 옛집으로 돌아가는 선원을 배웅하다

送善源還伽倻舊居 五首

1.

내 나이 불혹에 가깝건만
담장을 대한 듯¹⁾ 아직도 어두운데,
그대와 함께 오랫동안 이웃하여
밤마다 한 촛불을 밝히고,
긴 두레박줄로 깊은 샘물을 길으며²⁾
깊은 생각으로 강직한 뜻을 돌이켰네.
사는 곳이 좀 더 멀어져
높은 풍도를 다시 만나기 아득해졌으니,
이별노래 부르는 오늘
귀밑머리에 흰 털이 얼마나 늘려나.

吾年近不惑、　　　昧昧尙面墻。
與君久比隣、　　　夜夜同燭光。

■
1) 공자께서 (아들) 백어에게 말씀하셨다.
  "네가 《《시경》의) 〈주남〉과 〈소남〉을 읽었느냐? 사람으로서 〈주남〉과
  〈소남〉을 읽지 못했다면, 그는 저 담장에다 얼굴을 맞대고 서 있는 것이
  나 다름없다." -《논어》〈양화〉
2) 옛날 관중이 한 말 가운데 내가 참으로 훌륭하게 생각하는 말이 있다.
  그가
  "주머니가 작으면 큰 것을 담을 수 없고, 두레박줄이 짧으면 깊은 물을
  길어올릴 수 없다."
  고 하였다. -《장자》〈지락(至樂)〉

脩綆汲古井、　　　幽思回剛腸。
僑居稍相隔、　　　風雅還茫茫。
況此歌驪駒、　　　兩鬢幾莖霜。

2.
선원은 훌륭한 음률을 지녔건만
세상 사람들이 귀가 어두워,
매미처럼 시끄럽게 떠드는 속에서
말없이 혼자서 정시3)를 추구하였네.
거친 푸성귀나 책과만 어울리니
그 누구의 기미가 그만 하랴.
강성은 오두막집에 살면서도
오히려 제 고장을 교화하였으니,4)
그리워하면서도 붙잡을 수는 없어
마음 아파하며 부질없이 거니네.

■
3) 〈주남〉과 〈소남〉은 시초를 바르게 하는 도리[正始之道]이며, 왕화의 기
　본[王化之基]이다. -《시경》대서(大序)
4) 강성은 한나라 학자 정현(鄭玄)의 자이다. 정현이 농사짓고 살면서 학문
　에 전념하여 제자가 수천 명이나 되자, 재상 공융이 그를 존경하여 그가
　사는 고장을 '정공향(鄭公鄉)'이라고 이름하였다.

善源乃元間、　世俗自蒙耳。
喧喧蟬噪中、　泯默追正始。
寒菹雜書卷、　氣味誰得似。
康成在蓬蓽、　猶能化鄉里。
懷哉不可挽、　障袂空徒倚。

수군이 금산으로 가다

戱君如金山

너는 병든 어머니 때문에 돌아가고
나는 새 임금 때문에 남아 있으니,
세밑에 그 누구와 서로 의지하랴
날까지 추워져 차마 못 헤어지겠네.
객사에서는 의당 잠을 못 이룰 테고
도둑이 걸핏하면 무리를 이루겠지.
다시 걱정하노니 어린 나이에
길 걷는 괴로움을 피하기 어렵겠구나.

汝歸緣病母、　　吾滯爲新君。
歲晚誰相守、　　天寒不忍分。
關亭宜少睡、　　盜賊動成群。
更念方髫稚、　　難辭道路勤。

■

* 수군은 김종직에게 《소학》을 배운 어린 제자이다.

촉석루 시를 지어 조 교수에게 드리다

矗石樓雜詩寄贈安東趙敎授昱曾任晋學有所
盼嘗著香夢錄

1.

술자리가 무르익고 외로운 달이 서상에 내리자
언덕 건너에 등불 든 사람이 보이네.
매화가 다시 파리해져 이상타 했더니
적막한 뜨락에 밤사이 엷은 서리가 내렸네.

酒闌孤月下西廂。　　　隔岸人看畫燭光。
怪底梅花更消瘦、　　　空階一夜有微霜。

---

* 원제목이 길다. 〈촉석루 잡시를 지어 안동교수 조욱에게 드리다. 그가
일찍이 진주학관으로 있을 때에 가깝게 지낸 여인이 있어서《향몽록》을
지었다.〉

5.

백백과 주주[1] 두 여자 신선을
학궁의 제자가 응당 어여뻐했겠네.
그 옛날 봄바람 같던 얼굴이 지금도 그대로이니
요즘 향기로운 꿈을 몇 번이나 꾸었던가.

白白朱朱兩女仙。　　　虞庠才子故應憐。
依然當日春風面、　　　香夢年來幾度圓。

■
1) 아침에 백화 숲속에 노니노라니
　　붉디붉고도 희디희어라.
　　晨遊百花林、　　　朱朱兼白白。
　　- 한유 〈감춘시(感春詩)〉
　　이 시에서는 붉은 꽃과 흰 꽃처럼 예쁜 여인의 모습을 형용한 말로 썼다.

말 위에서 지리산을 바라보다

馬上望智異山

속세 생활 삼십 년 동안
산 이름만 실컷 듣다가,
오늘 진양 가는 길에서
끝없는 푸르름을 멀리서 바라보네.
반야봉과 천왕봉은
하늘과 거리가 한 자도 안 되고,
여러 봉우리들은 다 손자뻘이지만
저마다 험준함을 겨루네.
감히 달려갈 겨를은 없지만
간절히 운문을 그리워하노니,
산에 올라갈 도구야 어찌 없으랴만
벼슬에 얽매인 내가 부끄러워라.
어떻게 하면 구절장을 얻어
유령·완적과[1] 동행하여,
지팡이 짚고 청학동에 이르러
가을바람에 황정을 캐볼 수 있으랴.

■

1) 두 사람 다 진나라 시절 죽림칠현에 든 사람들인데, 산과 술을 좋아하
였다.

塵埃三十年、　徒自飽山名。
今日晋陽路、　遙看未了青。
般若與天王、　去天尺不盈。
諸峯盡兒孫、　亦各鬪崢嶸。
驅馳不敢暇、　疊疊懷雲局。
豈無濟勝具、　愧我縛塵纓。
安得九節杖、　劉阮與同行。
桂到青鶴洞、　秋風拾黃精。

낙동요

洛東謠

황지[1]의 근원은 겨우 잔에 넘칠 정도인데
여기까지 흘러와선 어찌 이리 넓어졌나.
한 물이 육십 고을 한가운데를 나누었으니[2]
몇 군데 나루터에 돛대가 잇달았나.
해문까지 곧바로 사백 리를 내려가면서
바람 따라 오가는 장사꾼들을 나눠 보내네.
아침에 월파정에서 떠나면
저녁에는 관수루에서 자는데,

■

* '낙동(洛東)'이란 말은 상주(尙州)의 동쪽이란 뜻이다. - 이중환《택리지》〈경상도〉
  법흥왕 11년(524년)에 상주 땅에 상주(上州)가 설치되었다가, 진흥왕 18년(567년)에 상락군(上洛郡)이 되었다. 상주 동쪽이란 말은 상락군 동쪽이란 뜻이기도 하므로, 낙동강은 상주 동쪽을 지나가는 강이라는 뜻도 된다. 낙동강 줄기가 상주군 낙동면 낙동리에서 처음 넓어진다.
1) 강원도 태백시 화전동에 있는 연못인데, 둘레 100m·50m·30m 되는 못 세 개가 이어져 있다. 옛날 황씨 성을 가진 부자가 살았던 집터였다고 하는데, 〈장자못전설〉이 전해져 온다. 지금도 바위 틈으로 물이 흘러나오는데, 낙동강의 발원지라고 한다. 이곳에서 흘러내리는 냇물을 황지천이라고 하는데, 길이는 20.5km이다.
2) 낙동강은 김해로 들어가면서 온 도의 한가운데를 가로지른다. 강 동쪽을 좌도(左道)라 하고, 강 서쪽을 우도(右道)라고 한다. 두 갈래가 김해에서 크게 합쳐지고, 70 고을의 물이 한 수구(水口)로 빠져 나가면서 큰 형국을 만들었다. 이중환《택리지》〈경상도〉

관수루 아래 천만 꿰미 돈 실은 관선이 늘어섰으니
남쪽 백성들이 가렴주구를 어떻게 견디랴.
쌀독은 이미 텅 비고 도토리마저 떨어졌는데
강가 난간에선 풍악 울리며 살진 소를 때려잡네.
임금의 사신들은 유성같이 달리니
길가의 해골에게야 그 누가 이름이나 물어 보랴.
왕손초에 소녀풍이 불고
아지랑이가 아른거리며 꽃 핀 물가를 희롱하니,
멀리 바라보는 눈에 날아가는 새가 들어오네.
고향의 꽃을 구경할 일이 다가왔건만
흉년은 노니는 사람을 살펴주지 않네.
기둥에 기대어 소리 높게 노래해 보니
춘흥이 인색한 것을 문득 깨닫겠네.
갈매기도 나를 비웃으려는지
바쁜 듯도 하다가 한가한 듯도 하네.

黃地之源纔濫觴。　　　奔流到此何湯湯。
一水中分六十州、　　　津渡幾處聯帆檣。
海門直下四百里、　　　便風分送往來商。
朝發月波亭、　　　　　暮宿觀水樓。
樓下綱舡千萬緡、　　　南民何以堪誅求。

餅罌已罄橡栗空、　　江干歌吹椎肥牛。
皇華使者如流星。　　道傍髑髏誰問名。
少女風王孫草。　　　遊絲澹澹弄芳渚。
望眼悠悠入飛鳥。　　故鄉花事轉頭新。
凶年不屬嬉遊人。
倚柱且高歌、　　　　忽覺春興慳。
白鷗欲笑我、　　　　似忙還似閑。

길가에 있는 소나무 껍질이 다 벗겨지다
道傍松皮剝盡

천 그루 만 그루 소나무가 뼈만 앙상하니
흉년에 제 살을 아끼지 않았구나.
아아, 나는 부질없이 하내의 부절만 지녔으니
어찌 급대부에게만 부끄러우랴.[1]

骨立千株復萬株。　　　凶年曾不惜肌膚。
嗟我謾持河內節、　　　豈徒羞煞汲大夫。

---

1) 신이 하남을 지나다가 보니 그곳 빈민 가운데 홍수나 가뭄 때문에 재앙
을 입은 사람이 만여 가구나 되었는데, 아비와 자식이 먹을 것을 놓고
서로 빼앗기까지 하였습니다. 그래서 신이 삼가 편법을 써서 사신의 부
절(符節)을 보여 주고, 하남의 곡식창고를 열어 가난한 백성들을 구제
하였습니다. 신이 이제 사자의 부절을 다시 (폐하께) 바치고, 어명이라
고 속인 죄를 받겠습니다. - 《사기》 권120 〈급암전〉
　　하내(河內)에 큰 불이 나자 한나라 무제가 급암을 보내 살펴보게 하였
는데, 급암이 임무를 마치고 돌아오다가 홍수와 가뭄 때문에 고생하는
백성들을 보게 되었다. 그는 그들을 살펴보라는 임무를 받지 않았지만,
마치 임금에게 위임을 받은 것처럼 부절을 보여 주며 나라의 곡식창고
를 열었던 것이다.

전은의 사계절
田隱四時 4 松臺冬雪

소나무에 겨울눈이 내리다

추위가 매섭고 천지가 꽉 막히자
온갖 초목들이 바보처럼 뿌리만 지키네.
어찌 눈까지도 횡포를 부리나.
오직 푸른 솔만이 꿋꿋이 견디네.
동쪽 언덕과 남쪽 둑에 눈의 광채가 빛나니
학창의[1]를 입은 신선 모습이 떠오르네.
눈 밟으며 솔 보는 것도 싫지는 않아
맑은 기운이 정녕 시상을 일깨워 주네.

寒威屢疊天地閉。　　　　萬卉如癡守根柢。
胡爲滕六更凶饕、　　　　唯有蒼官能踔厲。
東阡南堘光陸離、　　　　鶴氅緬想仙人姿。
踏雪看松也不惡、　　　　判敎淸氣裝詩脾。

■

* (전은) 안전첨(安典籤)의 이름은 상계(桑雞)인데, 세종대왕의 외손자이
다. (원주)
1) 창의는 선비들이 입던 직령으로 된 포의 한 가지인데, 도포와 두루마기
의 중간 형태이다. 창의에는 여러 가지가 있는데, 소매가 넓은 백색 창
의에다 깃·도련·수구 등 가를 검은 헝겊으로 넓게 두른 것이 학창의이
다. 예로부터 신선이 입던 옷이라고 전해졌는데, 사대부들이 평상시 옷
으로 입었고, 덕망 높은 도사나 학자들이 입었다. 흰 눈이 덮인 소나무
가 학창의 입은 신선처럼 보인 것이다.

성주가 황어 열 마리를 우리 어머님께
보내왔기에 시를 지어 사례하다
城主以黃魚十尾饋我大夫人詩以爲謝

봄바람 부드러운 고향에 쏘가리가 살져서
열 마리 묶음이 갑자기 집에 이르렀네.
이웃에서는 성주가 준 것을 알지 못하고
내가 효성스럽다고 강시[1]에게 잘못 견주네.

春風鄉國鱖魚肥。　　五五朋來忽款扉。
隣里不知臺餽至、　　錯將誠孝比姜詩。

---

1) 강시는 한나라 때의 효자인데, 그의 아내는 남편보다 효성이 더 지극해
서 시어머니를 극진히 모셨다. 시어머니가 생선회를 좋아하였으므로 부
부가 언제나 회를 장만하여 봉양하였는데, 어느날 갑자기 집 옆에서 샘
물이 솟아나왔다. 물맛이 시어머니가 좋아하는 강물 맛과 같았고, 거기
서 아침마다 잉어가 두 마리씩 뛰어나와, 항상 이것으로 시어머니를 봉
양하였다. 《후한서(後漢書)》에 〈강시처전(姜詩妻傳)〉이 있다.

청주에서 남계도사를 방문하고 그 이튿날 부치다

淸州訪南溪道士明日却寄

사내종은 남계의 북쪽에서 차조를 심고
계집종은 남계의 남쪽에서 나물을 뜯는데,
도인은 휘파람 불며 문 닫고 드러누워서
벽에다 스스로 남계도인이라 써 놓았네.
나그네가 와서 문 두드려도 성내지 않고
술이 시원한 데다 안주도 많고 맛이 있구나.
세속 일에 얽매이다 보면 사람을 매우 그르쳐
달밤에 희황[1]과 함께 이야기도 못 나누었네.

胡奴種秫南溪北、　　赤脚挑菜南溪南。
道人長嘯閉關臥、　　壁間自署南溪銜。
客來剝啄亦不嗔、　　酒旣冷冽肴豐甘。
紅塵韁鎖誤人甚、　　夜月未共羲皇談。

■
* 남계도사는 바로 친구 경연(慶延)의 자호이다. (원주)
1) 진나라 시인 도연명이 희황상인이라고 자칭하였다. 이 시에서는 은사라
　는 뜻으로 쓰여, 남계도인을 가리킨다.

송춘시에 화답하다
和兼善送春用國華韻九絶

2.
도미주를 보내 주니 너무나 고마워라.
한 말을 기울이자 자연과 하나가 되네.[1]
염량세태의 인정 속에서 우리 결백한 성품이
서로 짝하며 여생을 보낼 수 있게 되었네.

酴醿送酒絶堪憐。　　一斗傾來合自然。
翕翕炎間皎皎質、　　可能相伴到殘年。

---

* 원제목이 길다. 〈겸선의 송춘시에 화답하면서, 국화의 운을 써서 아홉
  절구를 짓다.〉
1) 이백(李白)의 〈월하독작시(月下獨酌詩)〉에서, "석 잔 술이면 커다란 도
  에 통하고, 한 말 술이면 자연에 합일한다."고 하였다.

7.

그 누가 누운 용을 불러일으켜
은근하게 계주 한 잔을 권할 수 있으랴.
대지의 아름다운 생령들이 천둥과 비를 바라니
어떻게 하면 씨앗의 껍질을 다 크게 하랴.[2]

誰能喚起臥龍來。　　　桂酒殷勤勸一盃。
大地佳生望雷雨、　　　若爲孚甲盡敎開。

---

2) 이때 가뭄이 심하여 망종(芒種)이 지나도록 파종을 마치지 못했고, 이미
　파종한 것들도 아직 싹이 트지 못하였다. (원주)

말에서 떨어졌기에

墮馬移疾國華以焦校書爲戲書此以呈

월건 사월에 나도 또한 나귀에서 떨어졌는데
친구는 어떻냐고 끝내 묻지 않았네.
앞니가 남아 있음을 응당 알 테니
나는 김 교서이지, 초 교서가 아닐세.[1]

建巳之辰又墮驢。　　故人終不問何如。
也知板齒依然在、　　金校書非焦校書。

■
* 원제목이 길다. 〈말에서 떨어졌기에 병가를 냈더니, 국화가 초 교서의
　 일을 가지고 농을 걸었다. 그래서 이 시를 써서 주었다.〉
1) 보응(寶應) 원년 월건 사월에
　 초 교서란 사람이 있었는데,
　 "나는 완력이 넘쳐서
　 길 안든 망아지도 탈 수 있다."고 자랑하였네.
　 그러다가 어느날 말에게 밟혀
　 입술이 찢기고 앞니가 다 빠졌건만,
　 그래도 장한 마음은 수그러들지 않아
　 동쪽으로 가서 오랑캐를 잡겠다고 하네.
　 - 두보 〈희증우시(戲贈友詩)〉
　 교서는 교서관 관원을 가리키는데, 마침 교서관 교리(종5품)였던 점필
　 재가 말에서 떨어졌으므로 두보의 시에 나오는 초씨 교서의 이야기를
　 끌어들인 것이다.

세조혜장대왕 악장
世祖惠莊大王樂章

우뚝하신 세조대왕은
참으로 하늘이 덕을 내셨네.
임금의 기강을 정돈하여
대업을 연장하고 또 넓히셨네.
밝도다, 문무의 도여!
빛나도다, 예악이여!
높은 공을 세우고 지켜서
무궁한 후세에 광휘를 드리우셨네.

巍巍世祖、　　實天生德。
整頓皇綱、　　延弘大業。
昭哉文武、　　煥焉禮樂。
創守隆功、　　垂耀無極。

■
   * 이상은 〈외외곡(巍巍曲)〉이다. (원주)

생원 유호인이 낙제하여 고향으로 돌아온다는 소식을 듣고 시를 부치다

聞兪生員好仁落第還鄕寄詩

임금 계신 곳을 이미 하직했으니
어버이 생각하는 마음엔 위로되겠네.
부질없이 옥 같은 눈물을 흘려
노래자처럼 재롱부리다가[1] 뿌리지는 말게나.
가난한 생활을 시와 책이 그르쳤는데
시든 얼굴을 세월이 먼저 아네.
빨리 와서 함께 구경하세나
꽃소식이 아직도 가지에 남았으니.

旣與帝鄕辭。　　庭闈慰所思。
休將泣玉淚、　　枉洒弄鷄時。
薄況詩書誤、　　衰容歲月知。
急來須共賞、　　花信尙留枝。

---

1) 노래자(老萊子)는 주나라 때의 효자인데, 70세가 되어서도 꼬까옷을 입고 어린애 흉내를 내어 늙은 어버이를 기쁘게 해드렸다.

광릉군이 남원 동헌에서 지은 시에다
화운하여 종사관 정가정을 대신하여 짓다
和廣陵君南原東軒韻代從事鄭可貞

남쪽 지방 백성들이 먹고 살기 어려웠다가
진휼사¹⁾가 가는 곳마다 모두 기쁜 얼굴들일세.
종사관이 좋은 계책 없는 것이야 스스로 알겠지만
턱 괴고 옛산 쳐다보기도²⁾ 또한 부끄러워라.
보리 물결은 담장 곁에서 흔들리고
꽃수염은 아직도 나무 사이로 비치는데,
이처럼 좋은 시절에 파리한 백성들 가득하니
차마 가볍게 한가한 이야기만 할 수가 없네.

■
* 정가정의 집이 이곳에 있었다. (원주)
1) 광릉군은 바로 이극배(李克培)이다. 이때 전라도에 크게 흉년이 들었으
   므로, 공이 진휼사가 되고, 정가정은 종사관이 되었다. (원주)
2) (진나라 때에 왕휘지가) 거기장군 환충(桓沖)의 기병참군이 되었는데,
   (직무에 전혀 마음을 쓰지 않았다. 그래서) 환충이 그에게 물었다.
   "경은 어느 부서에 근무하는가?"
   "마조(馬曹)인 듯합니다."
   "말을 몇 마리나 맡아 다스리는가?"
   "말도 모르는데, 말의 숫자를 어찌 알겠습니까?" (줄임)
   (직무를 잘 수행하라는 말에 대해서) 처음에는 대답도 않다가, 높이 쳐 다
   보면서 수판(手版)으로 턱을 괴고 대답하였다.
   "서산에 아침이라 상쾌한 기운이 있네." -《진서》권80〈왕휘지전〉

南土生靈食已艱。　　皇華到處盡歡顏。
自知從事無奇策、　　且愧支頤看故山。
麥浪欲搖墻側畔、　　花須猶照樹中間。
良辰如此厄羸滿、　　未忍輕輕說得閑。

또 국화와 영숙에게 답하다

又答國華永叔

게으르고 못난 내가 어찌 회양을 박하게 여기랴.[1]
대궐의 향기를 입지 못함이 한스러울 뿐일세.
우연히 두류산에 올라 서울을 바라보니
변방 구름은 다 돌아가고 해는 멀기만 하네.

疎慵豈是薄淮陽。　　　只恨花甎未沐芳。
偶上頭流望京國、　　　塞雲歸盡日蒼茫。

<hr/>

1) 몇 해 지난 뒤에 나라에서 오수전(五銖錢)을 고쳐 만들게 되었다. 그러
  자 그 돈을 위조하는 백성들이 많아졌는데, 특히 초나라 땅이 가장 심했
  다. 무제는 회양(淮陽)이 초나라 땅의 중심지라고 생각해서, 급암(汲黯)
  을 불러 회양태수로 임명하려 하였다. 그러나 급암은 엎드려 사퇴하고,
  태수의 인(印)을 받지 않았다. (줄임) 그러자 무제가 말하였다.
  "그대는 회양태수의 자리가 (그대의 재주에 비해) 박하다고 여기는가?
  짐이 오래지 않아 그대를 불러들이리라. 회양의 관리와 백성들이 서로
  불화하므로, 내가 그대의 위엄을 빌어서 편히 누워 그곳을 다스리려고
  하는 것이다." -《사기》권120〈급암전〉

지겨운 비
苦雨

산 속에 이미 칠월이 되었는데
장마가 오래도록 그치질 않네.
촉땅의 하늘이 새는 정도가 아니라
당제의 탄식이[1] 자주 나오네.
외로운 성은 무너지려 하고
햇기장은 나무가 젖어 밥 짓기도 어렵네.
한 해에 재앙이 겹쳤으니
백성들이 어찌 견딘단 말인가.

山中已流火、　　陰雨久淹時。
不獨蜀天漏、　　頻煩唐帝咨。
孤城深欲圯、　　新黍濕難炊。
一歲災重疊、　　民生那可支。

---

1) 요임금이 말씀하셨다.
　　"아아, 사악(四岳)이여. 넘실거리는 큰물이 바야흐로 해를 끼쳐, 널리 산
　을 감싸돌고 언덕을 넘어, 질펀하게 하늘까지 닿을 듯하오. 백성들이 이
　를 탄식하고 있으니, 이 일을 해낼 만한 사람이 있으면 그를 시켜 다스
　리게 하시오." -《서경》〈요전(堯典)〉
　　요임금의 호가 도당(陶唐)이어서 당제(唐帝)라고 하였다.

비를 기뻐하다

喜雨

이른봄에 보리가 다 마르고 논농사도 철을 놓치게 되었다. 그래서 내가 4월 초사흘에 고을 사람 박유신을 성모묘(聖母廟)로 보내 비 오기를 기도하게 하였고, 또 동자를 시켜 도마뱀을 불러서 비를 내려주도록 약속받게 하였다. 그런 지 며칠 뒤에 비가 와, 그 기쁨을 기록한다.

푸른 용이 오랫동안 칩거하여
뜨거운 태양이 봄을 태우니,
동쪽 못과 서쪽 방죽이 모두 말라서
논밭에는 뿌연 먼지만 나네.
이제 닷새 열흘만 비가 안 오면
보리도 벼도 못 먹을 게 두려워
이것이 염려되어 정신이 손상되었네.
제물 두 그릇이 박하다고는 하지만
왕모께서는 깨끗한 제사를 돌아보시네.
문득 기쁘구나! 오늘 아침 구름이
빗기운이 흡족한 데다 똑 골라서,
머리를 돌려 보니 방장산 아래에
빗줄기가 몹시도 어지럽게 내리네.

■

* 수조가두(水調歌頭)이다. (원주)

눈에 가득한 뽕나무와 삼이 무성해지고
사방 들판엔 호미들이 베라도 짜듯,
산뜻한 기운이 한결같이 새롭네.
나에게 향기로운 술이 있으니
혼자 따라 마시며 농민들에게 치하하네.

蒼虯久幽蟄、　　　　赤羽欲燒春。
東陂西埭俱涸、　　　畦土龍但黃塵。
五日十日不雨、　　　無麥無禾可懼。
念此損精神、　　　　二筥雖云薄。
王母眷明禋、　　　　却喜今朝雲。
勢好澹平均、　　　　回頭方丈山下。
雨脚正紛綸、　　　　滿眼桑麻蔥蒨。
四野鉏耰如織、　　　生意一般新。
我有芳樽酒、　　　　自酌慶丘民。

두류산 기행시
遊頭流紀行

1. 선열암 (先涅庵)

문은 등나무 덩굴에 가리고 반쯤은 구름인데
높다란 바위 틈에서 차가운 물이 콸콸 나오네.
고승은 결하¹⁾를 마치고 다시 석장을 날려²⁾
숲속에는 원숭이와 학만 남아서 깜짝 놀라네.

門掩藤蘿雲半局。　　　雲根矗矗水冷冷。
高僧結夏還飛錫、　　　只有林間猿鶴驚。

---

1) 우기(雨期)인 음력 4월 15일부터 90일 동안 중들이 한 곳에 모여 조용
   히 지내며 불도를 닦는 일이다.
2) 양지(良知)가 석장 머리에 포대 하나를 걸어 두면, 석장이 저절로 시주의
   집으로 날아가 흔들면서 소리를 냈다. 그러면 그 집에서 알고 재(齋) 올리
   는 비용을 포대에 넣었다. 포대가 가득 차면 날아서 돌아왔다. -《삼국유
   사》제5 의해 〈양지사석(良知使錫)〉
   석장은 중들이 짚는 지팡이다. 머리 부분이 주석으로 되어 있는데, 한
   개의 큰 고리에 여섯 개의 작은 고리가 꿰어져 있어, 육환장(六環杖)이
   라고도 한다.

2. 영신암 (靈神菴)

청학 탄 신선은 어느 곳에 사는지.
홀로 청학을 타고 마음대로 다니겠지.
흰구름이 골에 가득하고 솔과 삼나무 어우러지니
유람객들이 들어왔다가 절로 길을 헤매겠네.

靑鶴仙人何處棲。　　獨騎靑鶴恣東西。
白雲滿洞松杉合、　　多少遊人到自迷。

다섯 살에 죽은 목아를 슬퍼하다

悼木兒木兒庚寅五月生於京師已五歲今年二
月二十八日以斑疹死其生時歲月日皆值木星
故以名云

내 사랑을 갑자기 하직하고 어찌 그리도 바삐 가느냐.
다섯 해 생애가 부싯돌 불빛 같구나.
어머님은 손자를 부르고 아내는 자식을 부르니
지금이야말로 천지가 끝없이 아득하구나.

忽辭恩愛去何忙。　　　　五歲生涯石火光。
慈母喚孫妻喚子、　　　　此時天地極茫茫。

■

* 원제목이 길다. 〈목아의 죽음을 슬퍼하다. 목아는 경인년(1470년) 5월
  서울에서 태어나 이미 다섯 살이 되었는데, 올해 2월 28일에 홍역으로
  죽었다. 목아가 태어나던 때의 연·월·일이 모두 목성에 해당되기 때문
  에 이름을 목아라고 지었다.〉

목아를 임시로 묻다

木兒草殯于城西席卜里將瘞于金山米谷村其
外祖母李氏之塋傍以詩送之

퇴지의 창자가 백 년이나 쓰라리고 아팠는데
네가 무슨 죄 있어 내 재앙을 대신 받았나.[1]
재주와 명예가 뛰어나리라고 그 누가 말했던가
의원과 무당도 결국 황당함을 알겠네.
손에 쥐었던 구슬이 이제는 깨끗이 흙으로 돌아갔는데
네 말소리는 아직도 당에서 낭랑하게 들리는구나.
외가로 잘 가서 몸과 넋을 편히 쉬거라
속함 땅의 산수도 타향이란다.

■

* 원제목이 길다. 〈목아를 우선 성 서쪽 석복리에 초빈해 두었다. 장차 금
  산 미곡촌에 있는 외할머니 이씨의 묘소 곁으로 옮겨 묻으려 한다. (우
  선) 이 시를 지어 (그를) 보낸다.〉
1) 두어 가닥 등넝쿨로 목피관을 꽁꽁 묶어
   황량한 산에 초빈하니 백골이 춥겠네.
   너를 죽게 한 것도 내 죄 때문이니
   백 년 동안 가슴이 아파 눈물이 줄줄 흐르네.
   - 한유 〈애녀시(哀女詩)〉

   퇴지는 한유의 자인데, 조주자사로 좌천되어 가는 길에 작은딸이 죽었
   다. 층봉역 산 밑에 임시로 초빈해 두었다가, 사면받고 조정으로 돌아오
   는 길에 그 딸의 묘에 들려 이 시를 지었다.

113

百年酸痛退之腸。　　汝有何辜代我殃。
誰謂才名將卓犖、　　益知醫卜竟荒唐。
掌珠皎皎今歸土、　　雛語琅琅尙在堂。
好向外家安體魄、　　速含山水是他鄉。

태보에게 답하다

答台甫

1.

남들은 명주옷 입고 나는 무명옷 입었지만
술 가운데 신선과 짝할 수는 있다오.
어떻게 하면 금릉 달밤에 술을 가지고
술 한 말로 그대의 백 편 시를 구경하려나.[1]

人被純綿我荷氈。　　只堪追配飲中仙。
何當把酒金陵月、　　一斗看君詩百篇。

---

* 태보가 말하길, "당(堂) 앞에 대나무를 심어 지금 벌써 담장보다 높이
　자랐다."고 하였다. (원주)

1) 이백은 술 한 말에 시가 백 편인데
　장안 시장의 술집에서 잠자네.
　천자가 오라고 불러도 배에 오르지 않으면서
　신은 술 가운데 신선이라고 스스로 칭하네.
　李白一斗詩百篇。　　長安市上酒家眠。
　天子呼來不上船、　　自稱臣是酒中仙。
　— 두보 〈음중팔선가(飮中八仙歌)〉

2.

부질없이 강가에서 낚싯대 잡고 있으니
뱃속에 대나무 기르는 것을 그 누가 알랴.
굳이 대나무 심어 속된 세상 구할 필요는 없으니[2]
옆사람들이 차가운 눈으로 볼까 두렵네.

謾向江頭把釣竿。　　　誰知腹裏養明玕。
不須種竹求醫俗、　　　怕有傍人冷眼看。

---

2) 고기가 없어도 밥은 먹을 수 있지만
　 집에 대나무가 없으면 안되네.
　 고기가 없으면 사람을 여위게 하고,
　 대나무가 없으면 사람을 속되게 하네.
　 여윈 사람은 살찌울 수 있지만
　 선비가 속되면 다스릴 수가 없네.
　 - 소동파 〈녹균헌시(綠筠軒詩)〉

고열승에게 지어 주다

贈古涅僧

명예 구하고 이익을 쫓는 두 가지가 어지러워
이제는 승려와 속인을 쉽게 분간할 수 없으니,
모름지기 두류산 최고봉까지 올라가야만
세간의 먼지가 그대에게 붙지 못하리.

求名逐利兩紛紛。　　緇俗而今未易分。
須陟頭流最高頂、　　世間塵土不饒君。

다원 2수
茶園二首

나라에 바치는 차가 우리 고을에서는 생산되지 않으므로, 해마다 백성들에게 이를 부과하였다. 백성들은 차값을 가지고 전라도에서 사오는데, 대략 쌀 한 말에 차 한 홉을 얻었다. 내가 처음 이 고을에 부임하여 그 폐단을 알고는, 이것을 백성들에게 부과하지 않고 관에서 스스로 여기저기 구걸하여 납부하였다. 그러다가 한번은 《삼국사기》를 열람해 보니, "신라 때에 당나라에서 다종(茶種)을 얻어와 지리산에 심도록 명하였다."는 말이 있었다. 아, 우리 고을이 바로 이 산 밑에 있으니, 어찌 신라 때에 남긴 씨가 없겠는가. 그래서 부로(父老)들을 만날 때마다 그것을 찾아보게 하였더니, 과연 엄천사(嚴川寺) 북쪽 대숲 속에서 두어 떨기의 다종(茶種)을 발견하게 되었다. 너무 기뻐서 그 땅을 다원(茶園)으로 만들게 하고, 그 부근의 백성들 땅을 모두 사들여 관전(官田)으로 보상해 주고 차를 재배했다. 몇 년이 지나자마자 제법 번식하여 다원 전체에 두루 퍼지게 되었으니, 앞으로 4~5년만 기다리면 나라에 바칠 액수를 충당할 수가 있게 되었다. 그래서 두 수를 읊는다.

1.
신령한 싹을 바쳐 성군께 축수하려 했건만
신라 때에 남긴 씨를 오랫동안 찾지 못했네.
이제야 두류산 밑에서 채취하고 보니
우리 백성들 힘이 조금이라도 펴지게 되어 우선 기쁘네.

欲奉靈苗壽聖君。　　　新羅遺種久無聞。
如今擷得頭流下、　　　且喜吾民寬一分。

2.

대숲 밖 황량한 동산 두어 이랑 언덕에
붉은 꽃 검은 부리가 언제나 무성하랴.
다만 백성들의 심두육¹⁾을 치료할 뿐이지
차 싹을 농에 담아 진상하기는 바라지 않네.²⁾

竹外荒園數畝坡。　　　紫英烏觜幾時誇。
但令民療心頭肉、　　　不要籠可粟粒芽。

■
1) 이월에 새 실을 팔고
　　오월에는 햇곡식을 내어,
　　눈앞의 상처는 다스렸지만
　　심두육을 깎아내었네.
　　- 섭이중 〈전가시(田家詩)〉
　　심두육은 심장 위쪽의 살이다.
2) 그대는 무이 시냇가의 속립아를 보지 못했나.
　　정위와 채양이 서로 농에 담아 진상하였네.
　　- 소동파 〈여지탄시(荔支嘆詩)〉
　　속립아(粟粒芽)는 싸라기처럼 생긴 초봄의 차 싹이다. 송나라 때에 정
　　위와 채양이 서로 전후하여 건주산(建州産) 용단다(龍團茶)를 개발하여
　　진상하였다.

휴가를 받아 고향으로 돌아가는 선원에게

善源請告到倻川還京期迫聞余有子服惠然來
弔爲留二日而去別後有作

그 옛날 서울에선 잠시라도 헤어지기 아쉬워
꿈에도 몇 번이나 함께 글을 지었던가.
시름에 잠긴 나는 맹동야[1] 같지만
그대는 진북계[2]처럼 나를 도우네.
손 잡고 이야기하고 나니 창자 속의 불도 꺼져
문 닫고 홀로 앉아 쑥 같은 머리 떨구고 생각하네.
야천 백릿길을 이제는 닿았을 텐데
마부의 짚신도 닳아지고 말도 지쳤겠네.

■
* 원제목이 길다. 〈선원이 휴가를 얻어 야천에 왔다가 서울로 돌아갈 기
   일이 임박했는데, 내가 자식의 상을 당했다는 소식을 듣고는 고맙게도
   찾아와 조문하고, 나를 위해서 이틀이나 머물러 자다가 돌아갔다. 그래
   서 헤어진 뒤에 (이 시를) 지었다.〉
   점필재가 함양군수로 재직하던 중에 3남·딸·장남이 차례로 세상을 떠
   나 비통에 빠져 사임을 청하고 금산에 가 있었는데, 김선원이 스승을 위
   로하려고 찾아와 이틀을 머물고 고향으로 떠났다.
1) 당나라 시인 맹교가 숭산에 은거하다가 50세에 진사가 되고, 54세에 말
   직인 표양위에 임명되었다. 그래서 불만을 품자 스승 한퇴지가 〈송맹동
   야서(送孟東野序)〉를 지어 그를 위로하였다.
2) 북계는 송나라 성리학자 진순(陳淳)의 호인데, 여러번 벼슬을 내려도 나
   아가지 않고 학문에 전념하며 스승 주자를 모셨다. 주자가 "오도(吾道)
   에 진순을 얻은 것이 기쁘다."고 하였다.

綺陌當年惜解攜、　夢魂幾度共分題。
窮愁我是孟東野、　麗澤君爲陳北溪。
握手淸談腸火熄、　閉門兀坐鬢蓬低。
郇川百里今應到、　僮僕輇穿馬踠蹄。

진산군을 모시고 화장사에서 자다

陪晋山君宿花長寺

한가하게 틈 내어 어른을 모시고
이불 가지고 와 절간에서 잠자네.
눈 쌓인 숲에서는 호랑이가 울고
밤이 깊어지자 스님이 종을 울리네.
샘물이 맑아 차 달이기에 알맞고
소나무 늘어져서 세속의 자취를 쓸어내네.
서글프게도 벼슬살이 나그네가
연기와 노을 속에 흥취가 깊어지네.

偸閑陪杖屨、　　携被宿鷲宮。
虎嘯一林雪、　　僧鳴半夜鐘。
泉淸供茗飮、　　松偃掃塵蹤。
惆悵明途客、　　煙霞興易濃。

---

* 진산군은 강희맹(姜希孟, 1424~1483)인데, 형조판서로 있던 예종 즉
   위년(1468년)에 남이장군의 옥사를 다스리고 봉군되었다. 세종 29년
   (1447년) 별시문과에 장원급제한 뒤, 예조판서 · 이조판서 · 우찬성을 거
   쳐 좌찬성까지 올랐다.

정월 초열흘날 아내가 금산에서 돌아오다
室人自金山還正月初十日

그대는 완산의 새가 되어서[1]
자식 생각하는 통곡이 아직 안 그쳤고,
나는 동문오를 배워
지난해 근심을 조금은 잊었네.[2]
밤 늦도록 촛불 밝히고 이야기한 것이
절반은 바로 살자는 생각인데,
인간의 일을 또 어찌하랴
백 세가 참으로 유유하구나.

■

1) 완산의 새가 새끼 네 마리를 길렀는데, 날개가 다 나자 그들을 사방으로
날려 보내면서 몹시 슬프게 울었다고 한다. 《공자가어(孔子家語)》〈안
회〉에는 환산(桓山)으로 되어 있다.
2) 위나라에 동문오(東門吳)라는 사람이 있었는데, 자식이 죽었는데도 슬
퍼하지 않았다. 그래서 그의 집사가 말했다.
"공이 사랑하시던 아드님이 이제는 이 세상에 없습니다. 이제 아드님이
죽었는데도 걱정하지 않으시니, 어찌된 일입니까?"
그러자 동문오가 말하였다.
"나는 (전에도) 항상 자식이 없이 살아왔었네. 자식이 없을 적에는 근심
도 하지 않았지. 이제 자식이 죽었으니, 바로 예전에 자식이 없을 때와
같이 된 것일세. 그런데 내가 왜 근심하겠나?" -《열자》〈역명(力命)〉

君爲完山鳥、　　哭子猶未休。
我學東門氏、　　稍忘前歲憂。
夜闌秉燭語、　　半是營生謀。
人事且如何、　　百歲眞悠悠。

남을 대신하여 의영고 계축에 쓰다
代人書義盈庫契軸

태평성대에 우리 함께 창고지기가 되었으니
재주가 높고 낮은 것을 따질 필요가 없네.
친하고 공경하기에 마음을 다하려니와
숙직과 조참에 어찌 헤어지랴.
잘되고 못된다고 의리를 버리지 마세.
어찌 춥거나 덥다고 해서 차별하랴.
사귀는 정이 단술처럼 달콤해서는[1] 안 되는 법이니
세상에는 아첨하며 웃는 자가[2] 너무나 많네.

■

* 의영고는 호조에 소속된 관청인데, 궁중에서 쓰이는 기름·꿀·밀·채소
·후추 같은 물품의 출납을 맡아 보았다. 초기에는 영(令·종5품)이 책임
자였지만, 중기부터는 주부(主簿·종6품)로 바뀌었다.
　　계축은 어떤 관청이나 모임에 소속된 사람들끼리 계를 만들고, 그 계원
들이 쓴 글을 모은 두루마리이다.
1) 군자의 사귐은 물처럼 담담하고, 소인의 사귐은 단술같이 달콤하다. 군
자들의 사귐은 담담하기 때문에 더 친해지지만, 소인들의 사귐은 달콤
하기 때문에 결국은 끊어진다. -《장자》〈산목(山木)〉
2) 어깨를 들먹이며 아첨하여 웃는 것이 무더운 여름날 김매는 것보다 더
괴롭다. -《맹자》〈등문공〉하
　　원문의 하규(夏畦)는 여름날 논밭에 나가 김매는 것을 말한다.

125

昭代同爲倉庾氏。資材高下不須齊。
心親貌敬宜殫盡、夕直朝衙肯解携。
莫以窮通遺義分、寧將冷煖異端倪。
交情且忌甘如醴、世上人多病夏畦。

동년인 이천군수 이유인의 시권에
두 수를 쓰다

同年李利川有仁詩卷二首

남천은 내지에 자리잡고 있어
백성들의 집이 두루 널려 있네.
마을에서는 삼백 전을 거둬들이고[1]
현량은 녹봉이 이천 석이네.[2]
거문고나 타고 있으면 고을이 저절로 다스려지고
신이 날아와 신선처럼 바라보네.[3]

■

* 이때 나는 허주(許州)에서 서울로 돌아온 지 이미 다섯 달이 되었다.
(원주)
**국화(國華) 형제가 이천에 살고 있었다. (원주)
1) 심지도 않고 거두지도 않으면서
  어찌 삼백 호 세금을 곡식으로 거둬들이며,
  짐승 사냥도 하지 않으면서
  어찌 그대의 뜨락엔 담비 걸린 게 보이는가.
  참다운 저 군자는
  놀고 먹지 않는다던데.
  -《시경》〈벌단(伐檀)〉
  〈벌단〉은 청렴한 군자는 등용되지 못하고, 탐욕스런 관리가 일도 안하
  면서 잘사는 모순된 모습을 노래한 시이다. 이 시에서는 이천이 풍요롭
  다는 뜻으로 이 말을 썼다.
2) 현량은 관리를 등용하는 과목 가운데 하나이다. 우리 나라에서는 조광
  조가 주장하여 중종 13년(1518년)에 현량과를 실시하였다. 한나라 태수
  의 녹봉이 2천 석이었는데, 그뒤부터 이천 석은 지방관이라는 뜻으로도
  쓰였다.
3) 한나라 현종 때에 왕교가 섭(葉) 현령이 되었는데, 왕교는 신기한 기술이

응당 〈중화송〉을 지을 테니
동산에 또 자연이 있다네.[4]

南川居腹裏、　　　地着偏人煙。
井里廛三百、　　　賢良石二千。
鳴琴物自理、　　　飛鳥望如仙。
應草中和頌、　　　丘園有子淵。

■
　있어 매달 삭망 때마다 조회에 나아갔다. 그가 자주 오는데도 수레가 보
이지 않자, 황제가 몰래 태사를 시켜 그가 오는 것을 엿보게 하였다. 그
랬더니 그가 동남쪽으로부터 한 쌍의 오리를 타고 오는 것이 보였다. 그
러나 그가 온 뒤에 보니 한 쌍의 신발만이 있었다고 한다. 그뒤로는 이
말이 지방관이 되었다는 뜻으로 쓰였다.
4) 자연은 한나라 선제 때의 문장가인 왕포(王褒)의 자인데, 〈중화송〉을 지
　었다. 중화는 정치가 화평하게 되었다는 뜻이다.

칠월 일일에 병이 심해졌다가 다시 깨어났는데 삼일에야 열기가 물러갔다

七月初一日病劇復甦初三日熱退

1.
잠시 어두운 저승까지 갔다가
다시 밝은 이승으로 돌아왔네.
헛소리할 때는 아내와 자식이 두려워하고
증세가 위험해지면 벗들이 걱정했지.
화와 복은 서로 인연이 있건만
근심과 걱정은 아마도 치우친 듯해라.
이 인생을 이제야 깨닫고 보니
산수와 나이를 잊고 사귈 수 있겠네.

暫抵冥冥地、　　還窺耿耿天。
譫言妻子懼、　　危證友朋憐。
禍福誠相倚、　　憂虞恐自偏。
此生今已悟、　　泉石可忘年。

청심루에 올라갔다가 주인은 만나지도 않고 돌아와

病後將赴善山舟過驪州步屧登淸心樓不與主
人遇徑還舟中忽忽次稼亭韻

초가집 가시울타리 끝에다 배를 매었네.
고기와 새들이 어찌 내 얼굴을 알았으랴.
앓고난 뒤지만 그래도 지팡이는 짚을 만해라
쫓겨난 몸이지만 강산은 즐길 만하네.
십 년 동안 세상 일을 외롭게 읊었는데
팔월이라 가을 모습이 숲 사이에 어지러워라.[1]
잠시 난간에 기대어 북쪽을 바라보았지만
사공이 배 타라고 재촉해 더 쉬지 못하였네.

維舟茅舍棘籬端。　　　魚鳥何曾識我顔。
病後猶能撰杖屨、　　　謫來纔得賞江山。
十年世事孤吟裏、　　　八月秋容亂樹間。
一霎倚闌仍北望、　　　篙師催載不敎閑。

* 원제목이 길다. 〈앓고 나서 장차 선산으로 가려고 배를 타고 여주에 들
  렀다. 걸어서 청심루에 올라갔다가 주인은 만나지도 않고, 곧장 배 안으
  로 돌아와서 총총히 가정의 시에 차운하다.〉

신륵사 아래에 배를 대놓고

夜泊報恩寺下贈住持牛師寺舊名神勒或云甓
寺睿宗朝改創極宏麗賜今額

보은사 아래에서 날이 저물어
닻줄 매고 달빛 밟으며 중을 찾았네.
절간은 이미 새로운 법계를 이뤘건만
강호는 아직도 옛시 생각을 흔들어대네.
상방에 종이 울리니 검은 용이 춤을 추고
곳곳에서 바람이 일어나 철봉이 날아오르네.[1]
진중하게도 민공[2]이 또한 인사를 차려
때마침 푸성귀를 가지고 배를 찾아와 주었네.

■

* 원제목이 길다. 〈밤에 보은사 아래에 배를 대놓고 주지 우사에게 (이 시
를) 지어 주었다. 절의 옛이름은 신륵사인데, 혹은 벽사라고도 한다. 예
종 때에 절을 고쳐 아주 크고도 화려하게 짓고는, 지금의 편액을 하사하
였다.〉
1) 선배들은 점필재가 여강(驪江)에서 읊은 시 가운데,
  "십 년 동안 세상 일을 외롭게 읊었는데
  팔월이라 가을 모습이 숲 사이에 어지러워라."
  라는 구절을 가장 칭찬했지만, 그 시는 신륵사에서 읊은 시 가운데
  "상방에 종이 울리니 검은 용이 춤을 추고
  곳곳에서 바람이 일어나 철봉이 날아오르네."
  라는 구절만큼 좋지는 못하다. 신륵사의 시는 그 경지가 넓고도 크며 또
  한 엄중해서, 이 시야말로 참으로 우주를 버틸 기둥이 될 만한 글이다.
  – 허균 〈성수시화〉
2) 경공은 곡식 싹이 서지 못할까 걱정하고
  민공은 나무가 물에 밀려 뽑힐까 걱정하네.

報恩寺下日曛黃。　　繫纜尋僧踏月光。
棟宇已成新法界、　　江湖猶攪舊詩腸。
上方鐘動驪龍舞、　　萬竅風生鐵鳳翔。
珍重旻公亦人事、　　時將菜把問舟航。

■
　두 스님이 수역을 여는 데 뜻을 두어
　세밑에 집을 지으니 백도에 해당되네.
　- 황정견 〈화범신중우거숭녕우우시(和范信中寓居崇寧遇雨詩)〉
　이 시에서는 중을 가리키는 뜻으로 '민공'이라는 말을 썼다.

낙원 촌집에 묵으면서 오체를 본따서 짓다

宿洛院村家效吳體

낮은 천장은 머리가 닿고 모기가 설치는데
사립문에 지팡이 짚고 서니 한 폭의 그림일세.
부슬부슬 푸른 안개에 석굴은 캄캄한데
너울너울 누런 구름은 풍년 든 벼이삭일세.
무당 북소리가 우레 같아 이웃 계집들이 모여들자
풀 뜯던 소도 귀 늘어뜨리고 아이를 따라가네.
사불주[1] 옛성이 어디 있었던가.
긴 수풀 십 리에 비낀 햇살만 붉구나.

矮屋打頭蚊殷空。　　柴扉倚杖畫圖中。
霏霏蒼霧巖岫閉、　　藹藹黃雲秏稻豊。
巫鼓如雷聚隣女、　　牧牛弭耳隨小童。
沙弗州城問何處、　　長林十里斜陽紅。

■
1) (상주는) 본래 사벌국(沙伐國)인데 혹은 사불국(沙弗國)이라고도 한다.
   신라 점해왕이 빼앗아 주(州)로 만들었다. 법흥왕이 상주(上州)로 고쳐
   군주를 두었다. -《신증 동국여지승람》권28〈상주목〉건치연혁

호랑이를 쏘았건만 닭이 울자 달아나다

十月十八日獵虎於南林虎中三箭而一箭洞其
腹日暮令士卒圍守雞鳴虎突圍而逸遂賦此

호시탐탐 노리는 남림의 호랑이가
마을과 성곽 사이에서 먹이를 찾느라고,
밤마다 제멋대로 날뛰며 다니다가
낮이면 덤불 속에서 잠을 잔다네.
내 그 말 듣고 소매 떨치며 일어나
호랑이 가죽무늬를 찢어 버리려고,
곧바로 부하 사졸들을 모아
푸른 물굽이 떠들썩하게 북과 피리를 울렸네.
저녁노을 받으며 빽빽한 숲에 쏘아대니
백우전에 놀랍게도 붉은 피가 흥건해라.
횃불 들고 어둠 속을 다시 에워쌌더니
하늘이 흉악한 놈을 보호하였는지,
닭이 울자 있는 곳을 잃어버려
머리 돌리고 보니 시름이 산처럼 무거워라.
선비장수는 옛부터 드문 법이니
어쩔 수 없이 군사 거두어 돌아갈밖에.

* 원제목이 길다. 〈10월 18일에 남림에서 호랑이를 사냥했는데, 호랑이가
  화살 세 대를 맞았다. 그 가운데 하나는 배를 관통하였다. 날이 저물자
  사졸들로 하여금 포위하고 지키게 하였는데, 닭이 울자 호랑이가 포위
  망을 뚫고 달아났다. 그래서 이 시를 지었다.〉

耽耽南林虎、　　擇肉坊郭間。
夜夜恣橫行、　　白日眠榛菅。
我聞投袂起、　　意欲摧其斑。
遂徵爪牙士、　　鼓角騰蒼灣。
返照射翠密、　　白羽驚朱殷。
更長火圍暗、　　天若保凶姦。
雞鳴失所在、　　回首愁重山。
儒將古來少、　　聊且偃旗還。

고 문좌에게 화답하다

和高文佐

맑은 밤 굽은 난간에 촛불도 밝은데
대주객이 어찌하여 큰 술잔을 겁내시나.
술동이 앞에서 〈백설곡〉이나 불러 보세.
하늘끝에서 한번 헤어지면 다시 만나기 어렵다네.

曲欄淸夜燭花紅。　　　戶大如何怯大鍾。
且向樽前歌白雪、　　　天涯一別更難逢。

* (문좌의) 이름은 태익(台翼)인데, 사재감 부정(副正·종3품)이다. (원주)
  사재감(司宰監)은 궁중에서 쓰는 생선·수육·소금·연료·횃불 등을 맡
  았던 관청이다.

136

고풍
古風 二首

1.

위엄있는 봉황새는 깊은 숲에 사는데
어찌 독수리 둥지에 갇혀 있나.¹⁾
날개는 모두 꺾어져 부러지고
가죽과 뼈가 떨어져 나가 외롭게 지내네.
예전에 살던 곳을 생각하면
어찌 천 년 묵은 오동나무가 없으랴만,
새매가 서북쪽에서 와
밤낮으로 새끼를 치네.²⁾
다행히도 함께 울며 날아갈 친구 있으니
남산에 있는 비단자고새일세.
그러나 자고새가 비밀을 지키지 못해
또다시 독수리에게 죽음을 당했네.³⁾

■

* 위의 시는 양나라 간문제(簡文帝)를 두고 읊은 것이다. (원주)
1) 위엄있는 봉황새는 양나라 무제의 아들 강(綱)인데, 즉위하여 간문제(簡
   文帝)가 되었다. 후경(侯景)에 의해 영복성(永福省)에 유폐되었다가, 뒤
   에 시해되었다. 똑같은 상황은 아니지만 단종이 왕위를 찬탈당한 것을
   뜻할 수도 있다.
2) 북위(北魏)에서 투항해온 후경과 그 일당을 가리킨다.
3) 영안후 확(確)이 평소에 후경을 죽이려고 했지만 기회를 잡지 못했는데,
   후경은 그런 사실도 모르고 그를 용기있는 사람이라고 생각해서 늘 데

137

뭇새들이 두려워 날개를 움츠렸으니
그 누가 봉황새를 도우랴.
위엄있는 봉황새여, 가볍게 움직이지 말라.
한번 쪼이고 나면 살도 남지 않으리라.

威鳳在深林、　　奚翅雕籠拘。
羽翼盡摧碎、　　煢然一身孤。
言念昔遊棲、　　豈無千歲梧。
鷲鵰西北至、　　日夕長其雛。
飛鳴幸有伴、　　南山錦鷓鴣。
鷓鴣不謹密、　　亦爲鵰所屠。
衆鳥側翅過、　　誰爲威鳳謨。
威鳳且勿動、　　一噣無餘膚。

■
　리고 다녔다. 마침 확이 후경과 함께 종산에서 놀게 되자 활로 쏘았는
데, 활줄이 끊어져서 실패하였다. 확은 결국 후경에게 피살되었다. 자고
새는 사육신을 뜻할 수도 있다.

138

장난 삼아 길 직장에게 지어 주다
戲與吉直長

인종은 사간(司諫) 재(再)의 손자인데, 자기가 타던 검은 말이 죽자 후원에 묻어 주었다. 그러자 사람들이 그에게 자기 할아버지의 풍도가 있다고 하였다.

야은[1] 선생의 반 이랑 동산에
텅 빈 집과 다 떨어진 휘장만 남았으니,
도려[2]도 벗길 가죽이 없는 건 아니었지만[3]
참으로 청백함을 자손에게 남겨 주었네.

冶隱先生半畝園。　　空堂留得弊帷存。
盜驪不爲無鞾剝、　　清白眞能遺子孫。

■
* (직장의 이름은) 인종(仁種)이다. (원주)
1) 야은은 고려의 충신이자 길인종의 할아버지인 길재(吉再, 1353~1419)의 호이다.
2) 주나라 목왕(穆王)의 8준마 가운데 하나인데, 이 시에서는 길인종이 타던 검은 말을 가리킨다.
3) 본조(本朝)의 사예(司藝) 변구상(卞九祥)은 자기가 타던 검은 말이 죽자, 꼴 한 삼태기와 콩 한 말, 그리고 심즙(瀋汁) 한 동이를 차려놓고 제사 지냈다. 그 제문에, "너의 가죽을 벗기는 것은 가죽신이 없기 때문이고, 너의 고기를 먹는 것은 반찬이 없기 때문이다."고 하였으므로, 선비들이 웃음거리로 삼았다. (원주)

돼지머리를 글 배우러 온 제자들에게 주다

豕首與游學諸子

태수의 가슴속에는 창도 칼도 없건만
오장군¹⁾은 이미 제 머리를 잘렸네.
오늘 아침 경전을 캐던 손님들에게 묻노니
그 얼마나 부추와 소금만²⁾ 가지고 나날을 보냈던가.

太守胸中無寸鐵、　　　烏將軍已喪其元。
朝來爲問窮經客、　　　幾把虀鹽到日昏。

■
1) 82쪽 〈돼지를 잡고 술을 마시다〉 주 1번 참조.
2) 소금에 절인 푸성귀나 변변치 않은 음식을 가리킨다.

윤료가 〈선산지리도〉를 만들었으므로 그 위에 절구 열 수를 쓰다

允了作善山地理圖題十絶其上

1.

옛집의 높은 나무가 아직까지도 남아 있으니
태수도 응당 이문에서 먼저 내리네.
반은 벼슬아치고 반은 아전이었으니
순충공의 후손이 몇 대나 내려왔나.

故家喬木至今存。　　太守應先下里門。
半是簪纓半刀筆、　　順忠公後幾雲孫。

3.

도리산[1] 앞에 복사와 오얏꽃이 피었는데
묵호자는 이미 떠나고 도사가 왔네.
신라의 빛나는 왕업을 그 누가 알랴
결국은 모랑의 움집 속에서 재가 되어 버렸네.

桃李山前桃李開。　　墨胡已去道師來。
誰知烑烑新羅業、　　終是毛郎窖裏灰。

■

* 대광(大匡) 김선궁(金宣弓)의 시호가 순충인데, 고려 태조를 도와 (건국에) 공을 세웠다. 선산부의 사족(士族) 및 향리(鄕吏) 가운데 김씨 성을 가진 자들은 모두 김선궁의 후손이다. (원주)

1) 도리사(桃李寺)는 (선산)부의 동쪽 15리쯤에 있다. 신라 때에 승려 묵호

6.

오산과 봉수를 이리저리 거닐며 보니
야은의 맑은 바람을 길게 말하게 되네.
밥 짓는 계집종도 시를 읊으며 절구질하니[2]
지금도 사람들이 정공향[3]에다 견주네.

烏山鳳水恣倘佯。　　　治隱淸風說更長。
爨婢亦能詩相杵、　　　至今人比鄭公鄉。

■ 자가 이 고을 도개부곡(道開部谷) 모례(毛禮)의 집에 오자, 모례가 움집
을 만들어 그를 모셨다. 묵호자가 죽자, 아도(阿道)라는 자가 또 모례의
집에 왔으므로, 모례는 그도 또한 묵호자처럼 받들었다. 그런데 아도가
일찍이 경주에 갔다 돌아오더니, 겨울인데도 산 앞에 복사꽃과 오얏꽃
이 활짝 피어 있는 것을 보고는, 여기에 절을 지어 살면서 (그 절의 이름
을) '도리사'라고 하였다. 이것이 신라시대 불법의 시초이다. (원주)

2) 길재가 금오산 봉계동에 은거하였는데, 세상에서 전하는 말에 의하면,
길재의 집안 계집종들은 곡식을 찧을 때에도 (민요 대신에) 싯구절을 주
고받으며 절구질을 했다고 한다. (원주)

3) 한나라 경학자인 정현(鄭玄)이 살던 마을을 공융(孔融)이 '정공향'이라
고 불렀다. 정현의 집에서는 계집종들도 《시경》을 줄줄 외워서, 보통 이
야기할 때에도 《시경》의 구절을 인용하였다고 한다.

섣달 그믐밤
除夜

월파정의 고기는 이미 실컷 먹었는데
어느새 세월이 지나 섣달 그믐밤이 되었네.
시비는 하나의 말과 같으니
기뻐하고 성내는 것을 원숭이에게 맡겨 두었네.[1]
돌솥에는 창자를 적실 차가 있고
등잔 아래에는 서책이 시렁에 가득해라.
가는 세월을 매어둘 수 없으니
내일 아침에는 마음이 어떠하려나.

既厭月波魚。　　堂堂歲又除。
是非同一馬、　　喜怒任群狙。
石銚澆腸茗、　　蘭燈滿架書。
徂年不可繫、　　明日意何如。

■
1) 옛날에 원숭이를 기르는 사람이 그 먹이를 도토리로 주면서 말했다.
　"아침에 세 개 주고, 저녁에 네 개 주면 어떻겠느냐?"
　그 말을 듣고 원숭이들이 화를 내자,
　"그러면 아침에 네 개 주고, 저녁에 세 개 주마."
　고 하였다. 그러자 원숭이들이 모두 기뻐하였다. -《장자》〈제물론(齊物論)〉

조신을 보내면서 본자를 얻어 짓다
送曹伸得本字

천리마도 향쑥을 배불리 먹어야
연나라와 월나라 사이를 하루에 오가고,
강한 쇠뇌도 가득 당겨야만
쏘았다 하면 반드시 먼 곳까지 날아가네.
숙도¹⁾는 내 아내의 아우인데
공부하기를 몹시도 좋아하여,
약관에 스승에게 배우지도 않고서
세 모퉁이를 유추하여 깨달았네.²⁾
시와 역사를 두루 찾아보고
경학도 또한 깊이 캐어,
중씨와 계씨가³⁾ 마치 훈지⁴⁾ 같고

■

1) 숙도는 조신의 자인데, 숙분(叔奮)이라고도 하였다. 현감 계문(繼門)의
   서자인데, 시를 잘 짓고 어학에도 뛰어나 사역원 경(司譯院卿)에 특채되
   었다. 북경에 일곱 차례나 다녀왔고, 일본에도 세 차례나 다녀왔다. 명
   나라에 갔을 때에는 안남국 사신과 수십 편의 시를 주고받으며 이름을
   떨치기도 하였다.
2) (학생을 가르치되) 동쪽을 가르쳐 주었는데 그것을 미루어 서·남·북 세
   방향을 알지 못하면, 다시는 그를 가르치지 않는다. -《논어》〈술이(述
   而)〉
   원문의 삼우(三隅)는 네 모퉁이가 있는 물건의 세 모퉁이이다. 이 시에
   서는 하나를 배우면 열을 안다는 뜻과도 같이 썼다.
3) 조위(曺偉, 1454~1503)도 뛰어난 문인이다.

난초와 혜초도 밭에 가득하네.
가득 쌓인 것이 이미 넉넉하건만
누가 그 잠긴 문을 열어 주려나.5)
때로는 불평스런 시를 지어서
확실하게 예원을 압도하더니,
그 물결이 차츰 넓고 커져서
기괴하고도 화려하게 뒤섞여졌네.
고장 사람들이 절조와 신의를 가볍게 여기니
내 힘만으로 밀고 끌기가 어려워라.
조정에선 인재를 빠뜨리지 않으니
더구나 이처럼 훌륭한 인물임에랴.

■

4) 맏형이 흙피리를 불면
   둘째형은 대피리를 불지.
   伯氏吹塤,　　　仲氏吹篪。
   ─《시경》 소아 〈하인사(何人斯)〉
   원문의 '훈지(塤篪)'는 흙피리와 대피리인데, 형제의 우애를 뜻하는 말
   로 썼다.
5) 점필재의 처남 조신이 서자이기 때문에 과거에 응시하거나 좋은 벼슬에
   오를 수가 없었다. 그래서 역관이 된 것이다.

하루아침에 그 이름이 성상께 들려졌으니
어찌 담장 넘어 피하길[6] 배우랴.
공거[7]에서 조서를 기다렸다가
마침내 태관[8]의 밥을 먹게 되었네.

赤驥飽香攲、　　　燕越朝暮返。　　卜
强弩能持滿、　　　其發必及遠。
叔度吾婦弟、　　　頗好紙田墾。
弱冠無師資、　　　能以三隅反。
詩史徧搜討、　　　經菑亦穮蓘。
仲季若塡篋、　　　蘭蕙滿畦畹。
充積已有餘、　　　誰爲發關楗。

■

6) 옛날의 군자들은 그 신하가 되지 않으면 제후를 만나지 않았다. 진나라
　단간목(段干木)은 위나라 문공이 자기 집에 찾아오자, 담을 넘어서 몸
　을 피했다. 노나라 현인 설류는 목공이 자기 집에 찾아왔는데도 문을 닫
　아 걸고 집안에 들이지 않았다. 이것들은 모두 지나치게 심한 경우이
　다. 집에까지 찾아오면 만나보아도 좋을 것이다. -《맹자》〈등문공〉하
7) 중국에서 옛부터 두었던 관청의 이름인데, 천하의 상서(上書) 및 징소
　(徵召)의 일을 맡았으며, 임금의 조명(詔命)을 받을 자가 기다리는 곳이
　기도 하였다. 상소문을 공거문자라고도 하였다.
8) 중국에서 진나라 때부터 두었던 관청인데, 궁중의 음식을 맡아 보았다.

時作不平鳴、　　班班傾藝苑。
波瀾漸滂沛、　　奇峭雜華婉。
鄉人輕節信、　　吾力難推輓。
聖朝少遺材、　　何況此琰琬。
一日聲徹天、　　寧學踰垣遯。
待詔於公車、　　得喫太官飯。

강수에게 답하다

答剛叟

백발노인이 전원에 편안히 있어
제대로 태평성대를 만났네.
소식 듣기로는 따님이 아직 어리다니
정사를 논하기에는 아직 이르구려.

白頭安畎畝、　　　正遇太平時。
聞道門楣弱、　　　其如議政遲。

■
* 이때 중외(中外)의 처녀들에 대하여 9세부터 20세까지 시집가는 것을
모두 금하였다. 강수에게 겨우 6,7세밖에 되지 않은 딸이 있었는데, 그
가 보내온 시에서 그 걱정을 하였다. (원주)

구파헌의 운에 화답하면서 선원 극기와 함께 짓다

和鷗波軒韻與善源克己同賦

방외인으로 스님 같은 이가 몇이나 있으랴.
석장 하나를 비껴 들고 웃으며 즐거워하네.
강호에 이르는 곳마다 거센 물결은 없지만
만 리에 맘껏 노니는 갈매기를 길들이기는 어려우리라.

方外如師有幾流。　　橫拈一錫笑由由。
江湖到處無波浪、　　浩蕩難馴萬里鷗。

■

* (구파헌의 시는) 인홍사의 중 극호(克浩)가 편액한 것이다. 극호는 산수를 잘 그렸다. (원주)

무릉교
武陵橋

그림 같은 무지개다리가 급한 물결에 비치는데
다리 위를 지나는 사람이 조심스레 발을 내딛네.
내가 옷 벗고 물 건넌다고 그대는 웃지 말게나.
고운[1]이 그 옛날 어찌 위태로운 길을 밟았던가.

虹橋如畫蘸驚波。　　橋上遊人側足過。
我欲揭之君莫笑、　　孤雲寧蹈畏道麽。

■
* 어떤 사람이 10여 칸이나 되는 교각(橋閣)을 만들었는데, 곧 무너지게
　되었다. (원주)
1) 최치원(崔致遠, 857~?)의 호이다. 진성여왕이 896년에 조카에게 왕위를
　내주자, 최치원도 지리산 속으로 들어가 은거하였다. 가야산에는 그에
　대한 전설이 많이 남아 있다.

고운의 시운을 빌려 시석에 쓰다
題詩石用孤雲韻

맑은 시의 광염이 푸른 산을 쏘아 비치니
부서진 돌 사이에 먹물의 흔적이 남았네.
세상에서는 시해[1]되어 갔다고 하지만
무덤이 빈 산에 있는지 그 어찌 알랴.

淸詩光燄射蒼巒。　　　墨漬餘痕闕泐間。
世上但云尸解去、　　　那知馬鬣在空山。

* 겹겹이 쌓인 돌 사이로 물줄기가 미친 듯 흐르며 봉우리들을 울려
　사람의 말소리는 가까이서도 알아듣기가 어렵구나.
　옳고 그름을 다투는 소리가 귀에 들릴까 늘 두려워서
　짐짓 흐르는 물로 하여금 온 산을 둘러싸게 하였다네.
　狂噴疊石吼重巒。　　　人語難分咫尺間。
　常恐是非聲到耳、　　　故敎流水盡籠山。
　― 〈제가야산독서당(題伽倻山讀書堂)〉
　최치원이 지은 이 시에 차운한 것이다.

1) 시해는 도가의 신선술 가운데 하나인데, 몸은 그대로 남겨둔 채 혼백이
빠져 나가 신선이 되는 방법이다. 최치원은 어느날 아침 일찍 밖으로 나
가 숲속에다 관과 신을 벗어둔 채 영영 돌아오지 않았다. 어디로 갔는지
알 수 없었으므로, 해인사의 중들은 그날을 기억해 명복을 빌었다. 그때
부터 세상에서는 그가 신선이 되어 갔다는 전설이 생겼다.

나승의 시운을 빌려 비구니 도원의
시권에 쓰다
用螺僧韻書圓尼卷

오래 전에 들으니 역리의 아내에게
〈백주〉[1]의 풍도가 넘친다고 하였네.
어찌 문벌을 따질 필요가 있으랴
사람의 윤리는 만고에 통한다네.

久聞郵吏婦、　　　剩有柏舟風。
何用論門地、　　　民彝萬古通。

---

* 비구니 도원(道圓)은 속명이 득비(得悲)인데, 젊어서 안림역(安林驛) 아
　전의 아내가 되었다가, 남편이 죽자 절개를 지키고 재가하지 않았다. 만
　년에는 가야산 중 도엄(道嚴)에게서 선(禪)을 배웠다. 정각암(淨覺庵)을
　짓고 그곳에 머물러 살았는데, 나이가 이미 일흔이나 되었다. 내가 해인
　사에 있다는 말을 듣고는 그의 시축을 보내 몇 마디 일러 달라고 청했
　으므로, 절구 두 수를 써서 답한다. (원주)

1) 저 잣나무배가 두둥실
　　황하 가운데 떠 있네.
　　더펄머리 양쪽 늘어진 그이가
　　정말 내 남편,
　　죽어도 다른 마음 안 가지리라.
　　어머니는 하늘이건만
　　어찌 내 마음을 몰라 주나요.
　　―《시경》 용풍 〈백주〉

152

아이가 이미 죽었다기에

八月緄妻生子於開寧橫川里舍善源名以喜孫
十月二十八日緄妻來密陽吾淑人出門欲抱其
子始知月初已夭

늙은 할미가 사향과 주사를 섞어 약을 짓고도
문 밖에 마중 나가 장중보옥[1]을 보지 못했네.
하늘의 후박은 참으로 알기 어려우니
봄에 깐 병아리도 일여덟 마리만 나오네.

調麝硏砂有老姑、　　　迎門不見掌中珠。
天公薄厚眞難曉、　　　春卵雞窠八九雛。

■

* 원제목이 길다. 〈8월에 곤의 아내가 개령 횡천리 집에서 아들을 낳았는
  데, 선원이 희손이라고 이름지었다. 그런데 10월 28일에 곤의 아내가
  밀양에 오자, 내 아내가 문 밖에 나가 그 아이를 안아 보려고 하다가, 그
  제서야 비로소 월초에 이미 요사했음을 알게 되었다.〉
  곤은 김종직의 둘째 아들이다. 선원은 제자 김맹성(金孟性)의 자인데,
  호는 지지당(止止堂)이다. 곤은 김맹성의 사위가 되었다.
1) 손에 쥔 구슬처럼 사랑스러운 자식을 가리킨다.

시월 십일일에 곤이 죽어 십오일에 일현에 임시로 장사지내다

十月十一日緄亡十五日藁葬于日峴

1.

인생 백 년이 어느덧 절반을 지났으니
그동안 얻고 잃은 것을 누구에게 감사하고 원망하랴.
비둘기 둥지가 시원찮아 새끼를 못 길렀으니
애비 눈으로 보면 누가 다시 튼튼하랴.
네가 돌아간 것이 참으로 황대의 오이 같아서
세 번 따고 네 번 따니 이제는 덩굴뿐이네.[1]
아내와 며느리 곡하는 소리를 차마 들을 수 없어
애써 참으려 해도 창자가 마디마디 찢기네.

人生百年忽已半、　　草草得喪誰恩怨。
鳩巢甚拙雛不成、　　郎罷眼中誰復健。
汝歸眞似黃臺瓜、　　三摘四摘今抱蔓。
妻啼婦哭不可聞、　　強欲寬之腸寸寸。

■
1) 황대 아래에 오이를 심어
　오이가 주렁주렁 열렸네.
　세 번 땄을 땐 그래도 괜찮더니
　네 번 따자 덩굴만 남았네.
　- 〈황대과사(黃臺瓜辭)〉
당나라 측천무후에게 아들이 넷 있었는데, 무후가 태자 홍(弘)을 독살
하였다. 그러자 둘째 아들 현(賢)이 태자가 된 뒤에, 또 죽게 될까봐 두
려워하며 이 시를 지었다. 현도 결국 무후에게 배척 당하고 죽었다.

2.

정신 맑고 골격도 빼어난 열일곱 나이에*
선원의 사위이고 내 집의 맏아들이었지.
장차 글 읽어 집안을 보전하려 하였고
아들 손자를 품에 안아 돌아보게[2] 되었었지.
나는 지금 명발와에서 흙덩이를 베고 지내며[3]

■

* 선원이 어떤 일 때문에 고령에 부처(付處)되었다가, 3년 만에 놓여 돌아
  왔다. (원주)
2) 아버님 날 낳으시고
   어머님 날 기르시니,
   쓰다듬으며 길러 주시고
   키워 주시며 감싸 주셨네.
   돌아보시고 되돌아보시며
   드나들 적마다 되돌아보셨으니,
   그 은혜 갚으려 해도
   하늘이 무정하셔라.
   父兮生我。　　母兮鞠我。
   拊我畜我、　　長我育我。
   顧我復我、　　出入復我。
   欲報之德、　　昊天罔極。
   -《시경》소아〈육아(蓼莪)〉
   원문의 고복(顧復)은 돌아보고 되돌아본다는 말인데, 부모가 자식을 항
   상 보살펴 기른다는 뜻이다.
3) 명발와는 점필재의 서재 이름이다.《의례(儀禮)》에 부모상을 당하면 "거
   적을 깔고 흙덩이를 벤다."고 하였는데, 그가 당시에 모친상을 입고 있
   었다.

선원은 은총 입어 고향으로 돌아왔는데,
두 늙은이의 근심과 즐거움도 너는 모르고
어찌 그리도 바삐 널 속으로 들어갔느냐.

神淸骨秀年十七、　　　善源半子吾家督。
將期讀書保門戶、　　　得抱兒孫分顧腹。
吾方枕塊明發窩、　　　源乃蒙恩返鄕曲。
兩翁憂喜汝不知、　　　奈何恩恩歸窾木。

3.

예전에 네가 천령에서 홍역을 앓자
할머니께서 자신이 다치신 것처럼 돌보셨지.
선주에서 네가 아내를 맞아 돌아올 때에도
할머니께서 중당에 나와 초례를 주관하셨지.
할머니께서 지난 겨울에 날 버리고 떠나셨는데
너까지 이제 그토록 급히 돌아가 모시려 하는구나.
나로 하여금 중간에서 쓰라림을 안게 하니
하늘과 땅을 보고 부르짖어도 아득키만 해라.

昔爾天嶺患疹瘡。　王母撫視猶己像。
善州爾迎爾相歸、　王母醮爾臨中堂。
王母前冬捨我養、　爾今歸侍何倉皇。
今我中居抱荼毒、　號天叫地兩茫茫。

사월 십일일에 비가 오다

四月十一日雨

한봄 내내 천 리에 가뭄이 들어
열에 아홉 집은 굶주린 백성일세.
오매초를 다 캐어 먹었건만
묵은 관곡을 골고루 나눠주지 못하네.
산밭에는 보리가 자라지 않고
밤 골목에 북소리가 자주 나더니,
오늘 드디어 매우를 맞이했네.
하늘이 참으로 사람을 사랑하시네.

一春千里旱、　　十室九飢民。
烏昧厲將盡、　　紅陳調未均。
山畬麥短短、　　夜巷鼓頻頻。
今日迎梅雨、　　天心眞愛人。

■

* 올해에는 몹시 가물어 흉년이 드는 바람에 사람들이 다투어 오을배(烏
乙背)를 파서 먹었다. 이 풀은 낮은 밭에서 나는데, 손가락 크기만 한 것
도 있고, 탄환만 한 것도 있다. 이것을 삶아서 먹기도 하고, 날로도 먹을
수 있다. 내 생각으로는 이것이 바로 범문정공(范文正公)이 올린 오매초
(烏昧草)인 듯하다. '매(昧)'와 '배(背)'는 음이 같으므로, 우리 나라 사
람들이 발음을 잘못해 '오을배'라고 한 것이 아닌가 생각된다. 경시(更
始) 연간에는 병사들이 부자(凫茈)를 캐어 먹었으니, 이것도 아마 이 풀
인 듯하다. 마땅히 박식한 사람을 기다려서 밝혀내야 하겠다. (원주)

유씨 여인에게 노래 다섯 장을 부치다

寄柳氏女五章

1.

운례의 산은
바위가 험준해,
나는 그윽한 곳만 보고
그 남쪽은 보지 못했네.
산에는 흰 무지개가 빛나니
끼지 않은 게 어찌 부끄러우랴.
돌아가리라, 돌아가리라.
내 고향 속함으로 돌아가리라.[1]

運禮之山、	維石巖巖。
我見其幽、	不見其南。
山輝白虹、	不齒何慚。
歸兮歸兮、	返我故函。

---

1) (함양군이) 본래는 신라의 속함군인데, 신라 경덕왕이 천령군으로 고쳤
   고, (줄임) (고려) 현종이 함양군으로 강등하여 합주에 예속시켰다. -《신
   증 동국여지승람》 권31 〈함양군〉 건치연혁

2.

운례의 물은
시커먼 진흙탕이라,
옷을 걷거나 벗고 건너도
내가 지닌 것을 다 더럽히네.
위수의 쏘가리와 상수의 방어도
헤엄칠 때엔 반드시 헷갈리니,
돌아가리라, 돌아가리라.
우리 집 앞 시냇가로 돌아가리라.

運禮之水、　　黯黯青泥。
載揭載厲、　　涴我所携。
渭鱖湘魴、　　游焉必迷。
歸兮歸兮、　　返我前溪。

4.

산에는 옥이 빛나니
옥을 구할 수 있고,
물도 이미 환하게 맑으니
고기도 헤엄칠 수가 있네.
숲도 깨끗하게 치워졌으니
난초를 심어 가꿀 만하네.
돌아가리라, 돌아가리라.
뒷날을 도모할 수 있으리라.

山有孚尹、　　　玉可求矣。
水旣澄澈、　　　魚可游矣。
林之潔除、　　　蘭可疇矣。
歸兮歸兮、　　　後可謀矣。

수재 양준과 공생 홍유손에게 지어 주다
贈楊秀才浚洪貢生裕孫

3.

남양 땅이 비록 경기에 있지만
산과 바다가 가장 깊고도 외져,
아름다운 기운이 모여 꿈틀거리니
진기한 것이 만 가지나 되네.
어찌 물산만 이 땅의 정기를 다 차지하랴
인재도 가끔 놀랄 만하네.
홍군이 천릿길을 찾아왔는데
세상 사람들과는 좋아하는 게 사뭇 달라,
글 읽으면 큰 뜻을 알아보고
근원을 만나러 깊이 들어가네.
말하는 기세가 나날이 높아가니
동료들이 모두들 굴복하네.
앞으로는 아전 일 따위를 버리고
종뇌[1]처럼 숨어 살기를 바라건만,

■
* 양준이 자기 아우 개(漑)와 함께 홍유손을 따라 서울로부터 천릿길을
  걸어와서 글을 배웠다. 그들이 돌아갈 때에 사모하여 차마 헤어지지 못
  하는 표정을 보고, 한마디 말을 안 할 수 없어 시 5수를 지어 노잣돈으
  로 준다. 홍유손은 남양 사람이다. (원주)
1) 남조(南朝) 송나라 때에 은사 종병(宗炳)과 뇌차종(雷次宗)이 조정의 부
   름을 받았지만, 이에 응하지 않고 형산과 여산으로 들어가 숨어 살았다.

아쉽게도 나는 범상하고 못나서
바른 지조를 도와줄 수가 없네.

唐城雖畿甸、　　　山海最深奧。
扶輿與蜿蟺、　　　珍奇萬其號。
物産豈獨當、　　　人材或雄鷔。
洪子來千里、　　　與俗殊嗜好。
讀書見大義、　　　逢原必深造。
談鋒日掀掀、　　　儕輩俱絶倒。
庶將抛刀筆、　　　宗雷擬高蹈。
惜哉吾凡庸、　　　無以資雅操。

4.
남쪽 고을이 세 철이나 가물어
눈에 들어오는 건 피뿐일세.
목화를 가지고 곡식과 바꾸려니
두 가지 값을 어찌 서로 따지랴.
나물국도 날을 걸러 먹는데
관아에서는 피리를 불어대며,
술과 고기가 하인들에게까지 미치건만
언제 가난한 집을 돌보았던가.

163

시와 책으로도 배부를 수 있는데
무례하게 주는 음식을 어찌 받아먹으랴.[2]
상가에서는 금석소리가 나왔고[3]
뚱뚱한 배를 스스로 문질렀지.[4]

■

2) 제나라에 큰 흉년이 들자 검오가 길에다 밥을 지어 놓고, 굶주린 자가
   오기를 기다려 먹이고 있었다. 마침 어떤 굶주린 자가 소매로 얼굴을 가
   리고 발을 절면서 비틀거리며 오고 있었다. 검오가 왼손에 밥을 들고 오
   른손에는 마실 것을 들고서, "자, 와서 먹어라." 하였다. 그러자 그가 눈
   을 치켜뜨고 검오를 보며 말하였다. "나는 '자, 와서 먹어라.'하고 주는
   음식을 먹지 않기 때문에 이 지경이 되었다오." 검오가 곧바로 사과하
   였지만, 그는 끝내 먹지 않고 죽었다. - 《예기》 〈단궁(檀弓)〉 하

3) 증자가 위나라에 살았을 때에 (줄임) 사흘 동안이나 밥을 짓지 못했고,
   10년 동안이나 옷 한 벌 해입지 못하였다. 관을 쓰려면 갓끈이 끊어져
   있고, 옷깃을 여미려면 팔꿈치가 나오며, 신을 신으려면 뒷굽이 떨어져
   있었다. 그러나 그가 발을 끌면서 《시경》의 〈상송(商頌)〉을 노래하면 소
   리가 하늘과 땅 사이에 가득 차, 마치 악기에서 나는 소리와도 같았다.
   - 《장자》 〈양왕(讓王)〉

4) 변소(邊韶)의 자는 효선(孝先)이다. (줄임) 그가 하루는 낮잠을 자고 있
   었는데, 제자가 몰래 그를 놀렸다.
   "변효선은 배가 뚱뚱해서, 글 읽기는 싫어하고 잠자기만 좋아한다."
   변소가 그 말을 듣고는, 자기 배를 문지르면서 말했다.
   "변은 성이고, 효(孝)는 자이다. 뚱뚱한 배는 오경(五經)의 상자이고, 잠
   을 자려는 것은 경서를 생각하기 위해서이다. 그래서 잘 때에는 주공
   (周公)과 꿈에서 만나고, 조용히 있을 때에는 공자와 뜻을 같이한다. 스

오직 저 사람 채도주가 있어
잊지 못하는 뜻이 더욱 돈독하였지.[5]
세상 인정은 좋고 싫음이 따로 있으니
속인들과는 말하기도 어렵네.

南州三時旱、	滿目秭稗村。
吉貝換斗粟、	兩直寧相論。
藜羹併日食、	公府笙竽喧。
酒肉及厮役、	何曾顧柴門。
詩書尙足飽、	肯就嗟來飧。
商歌出金石、	便腹手自捫。
唯有蔡道州、	眷眷意彌敦。
世情有好惡、	難與俗人言。

■

승이라도 놀릴 수 있다는 말은 무슨 책에서 나오는가?" -《후한서》권 80〈변소전〉

5) 송나라 학자 채원정(蔡元定)이 위학(僞學)으로 몰려 도주(道州)에 유배되었으므로 '채도주'라고 하였다. 그가 도주에 가서 제자들에게 타이르는 편지를 보냈는데, "혼자 다닐 때에는 그림자에게 부끄럽지 않아야 하고, 혼자 잠잘 때에도 이불에게 부끄럽지 않아야 한다. 내가 죄를 얻었다고 해서 학문을 게을리하지 말아라."라고 하였다.

십일일이 곧의 소상이다
十一日緦小祥

네가 죽은 것이 어제 같은데
오늘 벌써 소상이 되었구나.
망아지가 틈 지나가듯 세월도 빨라
목소리와 얼굴 모습이 어찌 이다지도 아득한가.
네 아내는 네 어미에게 의지해 살고
나는 선영 곁에서 묘를 지키니,
아마도 우리 집 노비들만이
푸른 솔 언덕에서 네게 절하겠구나.

兒亡如隔晨、　　今日已初祥。
隙駒驀地去、　　音容何渺茫。
汝妻倚汝母、　　吾廬先壟傍。
唯應臧與獲、　　膜拜蒼松岡。

166

노수재가 또 양씨 스님을 위해 시를 지어 달라고 하다

盧又爲梁僧求詩

우리 고을에 사는 양씨집 아들이
젊은 나이에 승복을 입었네.
어찌 사방으로 떠돌 생각이 없으랴만
시골 구석에 언제나 머물러 살면서,
아비를 숲에다 장사지냈으니
역시 인간의 본성은 온전히 지녔네.
그가 사는 곳이 담장은 아니니
내가 그를 어찌 내어쫓으랴.[1]
어떻게 하면 네 정수리에 머리털을 붙이고
창공의 연못물을 마시게 할 수 있을까.[2]

■

1) 그가 오랑캐 땅에 있으면 끌어들이고, 담장에 기대 있으면 내어쫓는다.
   - 양웅《법언(法言)》〈수신(修身)〉
   "어떤 사람이 공자의 담장에 기대어 이단의 글을 읽고 있으면, 그를 안으로 끌어들이겠느냐?"고 묻자, 양웅이 위와 같이 대답하였다.
2) 한나라 때의 명의(名醫) 순우의(淳于意)가 태창장(太倉長)을 지냈으므로, 창공이라고 불렀다. 그가 꿈 속에서 봉래산에 노닐다가 금빛 찬란한 궁전을 보았는데, 갑자기 동자 하나가 나타나 물 한 잔을 주었다. 그 물을 다 마시고 나자 오장이 서늘해졌다. 그 궁전에 '상지선관(上池仙舘)'이라고 쓰여 있었으므로, 자기가 상지의 물을 마신 줄 알게 되었다. 그 뒤부터 진맥을 잘 보게 되었다고 한다.

저 하는 일에 스스로 분수를 지키면
의원이나 농사꾼이나 다 스승이 있는 법인데
어찌하여 명교를 내버리고
흐리멍덩하게 부처를 찾았단 말인가.[3]

吾州梁氏子、	青歲蒙伽梨。
豈無遊方念、	鄉曲常棲遲。
葬父祗陀林、	亦足全民彝。
所居非門墙、	吾其肯麾之。
安得髮爾頂、	飮以倉公池。
所業自安分、	醫農各有師。
何用捨名教、	慌惚求迦維。

■
3) 원문의 '가유'는 '가비라유(迦毗羅維)'의 준말인데, 석가여래가 태어난
곳이다.

금산군수 이인형에게 치하하다

賀金山李郡守仁亨

옛날에 왕사종(王嗣宗)이 빈주 태수로 있으면서 신사(神祠) 밑에 굴 파고 살던 요사스런 여우를 잡아 죽였으므로, 당시 사람들이 그를 훌륭하게 여겨 "성조에 바야흐로 영웅이 있음을 알겠네.[聖朝方信有英雄]"라는 시까지 지었다. 그런데 개령의 석불은 그 요사스러움이 여우보다도 심하건만, 아무도 감히 그 현혹됨을 공격해 없애지 못하였다. 그러다가 이 군수가 그것을 다른 고을의 일로 여기지 않고 의연히 군졸을 보내 요괴의 우두머리를 잡아들이고, 지전을 불태워 버렸다. 어리석은 백성들이 자신들의 그릇된 행동을 분명히 깨우치도록 하였으니, 참으로 세상에 드물도록 뛰어난 일이다. 그 말을 듣고 나도 모르게 탄복한 나머지, 우선 당률 한 편을 지어서 축하의 말을 대신한다.

묵정밭에 버려져 몇 해가 지났는지 알 수도 없네.
못난 돌덩어리에 무슨 신통함이 있으랴.
처음에는 목거사에게 복을 비는 듯하더니[1]
차츰 흙집 사람에게 돈을 던져 주게 되었네.

■

1) 물불에 타고 씻긴 게 몇 해인지 알 수 없는데
　밑둥은 얼굴 같고 중동은 몸통 같네.
　우연히 목거사라 이름 붙이니
　복을 구하는 사람이 끝도 없구나.
　- 한유 〈제목거사시(題木居士詩)〉
　사람 모습과 저절로 비슷해진 늙은 나무를 절에다 두고 '목거사'라고 한 것이다.

남녀가 몇 집이나 물들게 되었나
향등은 온 마을이 그대로 따르려 했네.
우리 사또가 참으로 빈주 태수처럼
요사한 것을 쳐서 깨뜨려 사방을 진동시켰네.

抛擲田萊不記春。　　頑然拳石有何神。
初如求食木居士、　　漸作撞錢土舍人。
男女幾家將汚染、　　香燈一里欲因循。
我侯眞是邠州守、　　擊破妖邪震四隣。

취옹정에서 선원의 원옹운에 화답하다

醉翁亭和善源元翁韻

1.

혼자서 턱 괴고 산 바라보며 얼마나 취했던가.
시단에서 노련한 종공이 될 만도 하네.
현악이나 관악도 아니고 꽃도 달도 아니니
참다운 즐거움은 바로 육일옹¹⁾과 같다네.

柱笏看山酒幾中。　　　詩壇堪作老宗工。
非絲非竹非花月、　　　眞樂眞同六一翁。

■

* 금산의 객사 앞 나무 밑에 모정(茅亭)이 있는데, 이 군수가 선원에게 이름을 지어 달라고 청하자 선원이 '취옹정'이라고 지어 주었다. (원주)

1) 송나라 문장가 구양수(歐陽脩)의 호가 육일거사인데, 장서 1만 권, 집고록 1천 권, 거문고 1장, 바둑판 1국, 술 1병과 구양수 자신 1노인을 합해서 육일(六一)이라고 한 것이다. 구양수의 정자 이름이 바로 '취옹정'이었기 때문에 그의 이야기를 끌어들인 것이다.

3.

사방에 보리 이삭 노래가[2] 시끄럽게 들리니
조정에서 훌륭한 사또에게 고을을 맡겼네.
나는 백성들과 이야기하는 것이 즐겁기만 한데
취해서 정자에 기대선 이는 어떤 늙은이인가.

麥穗歌喧四境中。　　朝家製錦付良工。
我來喜與丘民說、　　醉倚茆茨是若翁。

---

2) 한나라 때에 장감(張堪)이 어양태수로 있으면서 선정을 베풀자 백성들
　 이 이런 노래를 불렀다.
　 "뽕나무에는 붙은 가지가 없고
　 보리 이삭은 두 갈래가 졌네.
　 장 태수가 정사를 맡아
　 즐거움이 끝없네."
　 보리 이삭이 두 갈래가 지면 풍년이 든다고 한다.

전지로 말미를 얻어 십일월 이십일에 숙인을 미곡에 이장하다

傳旨給暇十一月二十日窆淑人于米谷

성상께서 돌아가 장사지내라고 윤허하시어
잠시 강연을 중지하고 왔건만,
문을 두드려도 그대는 말이 없고
죽은 아이 생각에 또 애가 끊어지네.
푸른 산 봉분은 높이가 넉 자인데
흰 장막 안에서 석 잔 술을 따르네.
뒤에 죽으면 한 구덩이에 들 테니
어찌 겁회1)를 탄식하랴.

綸音許歸葬、　　蹔輟講筵來。
扣閤君無語、　　將雛腸更摧。
蒼山崇四尺、　　素幃湛三杯。
後死期同穴、　　何須嘆劫灰。

■

* 숙인은 조선시대 외명부(外命婦)인데, 문무관 정3품, 당하관인 통훈대
  부, 어모장군의 아내와 종3품 중직대부·중훈대부·건공장군·보공장군
  의 아내에게 내린 작호이다.
1) 인간 세계가 파멸할 때에 일어난다는 큰 불이다.

섣달 그믐밤

除夜卽事

1.

북소리 시끄럽고 웃음소리 떠들썩하게
동쪽 서쪽 집마다 역귀를 몰아내네.
고요히 살던 사람이 갑자기 강호의 꿈에서 깨어나
일어나 앉아서 풍로에 올린 설수차를 마시네.

雷鼓嘈嘈笑語多。　　　東家西舍正驅儺。
幽人忽罷江湖夢、　　　起啜風爐雪水茶。

2.

어리석은 종이 억지로 이웃집을 본따
빗자루 들고 야유하며 웃고 또 성내지만,
가난귀신은 끝내 보내지 못하고
함께 잠자던 남녀들만 놀라서 깨게 하였네.

癡奴强欲效比隣。　　　苕箒揶揄笑且嗔。
窮鬼貧神終不去、　　　只消驚動夢熊人。

선원이 병가를 내서 침상에 누워 있다는 말을 듣고 장난 삼아 지어 주다

聞善源移疾隱几戲贈

〈주후방〉¹⁾ 〈천금방〉²⁾에 스승이 있어 기뻤는데*
의관이 어찌 다시 의원을 찾을 수 있으랴.
가냘픈 미인의³⁾ 백 손가락이 다투어 환약을 올리니
아마도 난간에 기대어 연애시를 짓기는 좋겠네.

肘後千金喜有師。　　　醫官烏得更尋醫。
春蔥百指爭丸藥、　　　正好憑欄做艷詞。

---

* 선원이 이때 혜민서(惠民署) 교수가 되어 의녀(醫女)들을 가르쳤다.
  (원주)
  혜민서는 의약과 서민들의 치료를 맡았던 관청인데, 교수는 종6품 벼슬
  이다.
1) 명의인 편작(扁鵲)과 신선 갈홍(葛洪) 등이 지은 의서(醫書)이다.
2) 당나라 도사 손사막(孫思邈)이 지은 《천금요방(千金要方)》의 준말이다.
3) 원문의 춘총(春蔥)은 봄철의 여린 파잎처럼 가냘픈 미인의 손을 가리킨다.

175

금화전에서 시종하다 보니 머리는 희어졌고**
운향을 쪼이다 보니4) 눈은 흐려졌네.
납 녹여서 활판 만드는 것을 웃으며 보니
종이 천 장 그림자가 기러기 떼처럼 이어졌네.

金華法從鬢成絲。　　　薰得芸香眼欲眵。
笑看燒鉛爲活板、　　　鴈行千紙影離離。

**이때 나는 어명을 받고《대학》《중용》의 인쇄를 감독 맡아, 전교서(典校
署)에서 납을 주조하여 큰 활자를 만들었다. (원주)
4) 교서관에 책이 많았으므로 운초를 써서 좀벌레를 물리쳤다. 그래서 교
　서관을 흔히 운관(芸館)이라고도 하였다. 이 시에서는 자신이 교서관에
　근무하고 있다는 뜻으로 이 말을 썼다.

사옹원 정 정영통의 시에 차운하다

次司饔鄭正永通韻

용광로의 납과 수은이 글자 모양을 이루자
글자 세고 줄을 찾느라 깐깐하게 눈을 뜨는데,
문득 금사발에다 시원한 사탕수수 즙을 받았으니
서늘한 바람이 태관[1]에게서 온 것을 알겠네.

小鑪鉛汞字成胎。 數墨尋行澁眼開。
忽得蔗漿金盌凍、 淸風知自太官來。

■
1) 사옹원은 궁중의 음식을 맡아 보던 관청이고, 정(正)은 그 책임자인 정3
품 벼슬이다. 옛날 중국의 태관 같은 관청이었으므로, 이 시에서도 태관
이라는 말을 그대로 썼다.

정정이 사옹원에서 나막신을 신고 걸어와 이야기를 나누고 또 시를 지었으므로 이에 차운하다

鄭正自司饔院步屐來話且有詩次韻

3.

시가 초초하여 크고 기이함을 잃었으니
길가의 글자 없는 비석과[1] 무엇이 다르랴.
달과 이슬, 바람과 구름은 모두 쓸데없는 버릇이니
진정을 만났더라면 연좌되기에 알맞겠네.[2]

詩騷草草失雄奇。　　何異街頭沒字碑。
月露風雲俱是癖、　　如逢秦政合收司。

■

* 진시황의 수사율(收司律)은 천고에 가혹한 법인데, 동년형이 당시에 유
  행하는 풍조를 좋아하는 것이나 내가 기이하고 옛스러움을 좋아하는
  것이 똑같이 병통이다. (우리가) 만약 진시황을 만났더라면 의당 죄에
  연좌되었을 것이므로 (이 시에서) 이렇게 말하였다. (원주)
  1459년 문과 식년시에 정영통은 정과(丁科) 2인으로, 김종직은 20인으로
  급제하였으므로 동년이라 한 것이다.
1) 그럴듯하게 생겼지만 아무런 뜻도 없는 비석이니, 풍채는 있지만 식견
   이 없는 사람, 또는 겉보기에는 그럴듯하지만 내용이 없는 글을 비유한
   말이다.
2) 진나라 효공(孝公) 때에 상앙(商鞅)이 백성들 사이에 서로 규찰하고 연좌
   시키는 수사연좌법(收司連坐法)을 만들었다. 그러다가 진시황 때에 이르
   러서는 천하의 책을 다 불태우고, 협서율(狹書律)을 만들어 민간에서 시
   서(詩書)를 논하거나 의약(醫藥)과 복서(卜筮) 이외의 책을 소장한 자가
   있으면 극형에 처하기까지 하였다. 진시황의 이름이 정(政)이었다.

귀인 이십여 명이 비를 맞고 대궐로 돌아오는데

六月十四日貴人二十餘自光陵冒雨還闕入自
建春門哭聲滿路

현궁을 한번 덮고 산허리를 내려오니
은총 입었던 옛일들이 꿈처럼 희미하네.
건춘문 밖에서 시냇물도 흐느끼는데
장맛비로 불은 게 아니라 눈물로 불은 것일세.

一掩玄宮下翠微。	承恩舊事夢依依。
建春門外溪流咽、	不爲霖肥爲淚肥。

---

* 원제목이 길다. 〈6월 14일에 귀인 20여 명이 광릉으로부터 비를 맞으며 대궐로 돌아와 건춘문으로 들어오는데, 곡성이 길에 가득하였다.〉 광릉은 세조의 능인데, 경기도 남양주군 진접읍 부평리에 있으며, 사적 제197호이다.

성은으로 직제학을 제수하다
恩除直提學

전례에 따라 성은을 입으니 세상이 놀랠 만하네.
일찍이 이 압반[1]이 더디다고 그 누가 말했던가.
생각없이 본뜨는 것이야 가소롭지만
두더지가 강물을 마신다 해도 그 양을 알기 쉽네.[2]
책 속의 성현에겐 참으로 부끄럽고
궁중의 고문에겐 말 더듬을 뿐이지만,
집사람은 명주베 더 받는 것만 기뻐할 뿐이니
벼슬만 높아지고 도가 낮아진 것이야 그 어찌 알랴.

隨例承恩足駭時。　　誰言曾此押班遲。
葫蘆依樣模堪笑、　　鼴鼠沿河量易知。
黃卷聖賢眞負負、　　彤闈顧問但期期。
室人只喜添紬布、　　寧識官尊道更卑。

■
* 7월 19일이다. 직제학이 3품 당하관이지만, 반드시 반두(班頭)를 주관
하였다. (원주)
직제학은 홍문관과 예문관의 정3품 벼슬인데, 도승지가 으레 직제학을
겸임하였다. 후기에 규장각이 설치된 뒤에는 그곳에도 직제학을 2명 두
었는데, 정3품에서 종2품까지 두었다.
1) 조정 관리들의 위차(位次)를 관리하는 일이다.
2) 뱁새가 깊은 숲속에 집을 짓더라도 나뭇가지 하나면 족하고, 두더지가
황하의 물을 마신다 해도 제 배만 채우면 그만이다. -《장자》〈소요유
(逍遙遊)〉

의상인이 화답하였으므로 다시 답하다
誼上人見和復答

절 밖의 찬 강물엔 한 배에 달빛 가득하고
겹겹이 둘린 푸른 산엔 동문이 깊게 잠겼네.
아마도 일상생활 말고는 일이 없을 테니
백팔의 미타불이 백팔 번 종을 칠 테지.[1]

寺外寒江月一篷。　　洞門深鎖碧重重。
遙知日用無餘事、　　百八彌陀百杵鍾。

꼴 값이 뛰어올라 몹시도 걱정되었는데
산 속에서 소식올 줄이야 어찌 생각했으랴.
도성 거리에 눈비가 내려도 나귀의 발이 건장하니
이제부터는 채찍 드리우고 시 읊기가 좋겠네.

芻蕘翔貴頗關心。　　豈料山中有報音。
水雪天街驢足健、　　從今正好䪓鞭吟。

---

1) 절에서 중들이 백팔번뇌를 없애기 위해 아침저녁으로 108번씩 종을 쳤다.

의금부의 회음도에 쓰다
書義禁府會飮圖

맑은 시대에 집금오[1] 벼슬을 하니
남들에게서 천한 사내라는 놀림은 면하였네.
날마다 관아에 나가 죄인 심문에 끼고
어가를 따라다니며 앞잡이로서 호위하네.
친구의 정은 벼슬이 높고 낮음에 관계없으니
나랏일에 어찌 녹봉이 있고 없음을 따지랴.
다행히도 한가한 틈을 얻어 웃고 이야기하게 되었으니
술병 마련해 서호에서 취한들 어찌 해로우랴.

淸時仕宦執金吾。　　　庶免人嘲賤丈夫。
日向虎頭參淑問、　　　行隨豹尾戒前驅。
朋情不管資高下、　　　王事寧論俸有無。
幸托餘閑供笑語、　　　何妨携酒醉西湖。

* 의금부 관원들이 모여서 시를 읊는 그림에다 써준 시이다.
1) 의금부는 왕명을 받들어 추국(推鞠)하는 일을 맡은 관청인데, 관리·양반·강상(綱常)에 관한 범죄를 다루는 특별재판소 역할을 수행하였다. 한나라 무제가 '집금오'라는 관청을 설치하였으므로, 우리나라에서도 의금부를 '집금오'라는 별칭으로 많이 썼다.

한식날 촌집에서

寒食村家

불을 금하는 날에¹⁾ 농사일이 많아
꽃 향기 점검하러 농가에 와 있노라니,
비둘기는 산앵두나무 잎에서 구구 울어대고
나비는 장다리꽃에서 한가롭게 나네.
언덕 위에는 소가 나뭇짐 싣고 돌아오고
울 밑에선 나물 캐는 아낙네들이 노래하는데,
논밭이 있어도 돌아가지 않고 오두미에 연연하니
원량이 나를 비웃으면 어찌하려나.²⁾

禁火之辰春事多。　　芳菲點檢在農家。
鳩鳴殼殼棣棠葉、　　蝶飛款款蕪菁花。
帶樵壟上烏犍返、　　挑菜籬邊叉髻歌。
有田不歸戀五斗、　　元亮笑人將奈何。

---

1) 한식에 불을 금하였다.
2) 도연명의 자는 원량인데, 혹은 이름이 잠(潛)이고 자가 연명이라고도 한
   다. …… (그가 팽택령으로 있는데) 마침 군에서 독우(督郵)를 파견하자,
   현의 아전이 (도연명에게) 청하였다.
   "띠를 띠고 만나셔야 합니다."
   그러자 연명이 탄식하면서 말하였다.
   "내 어찌 다섯 말의 쌀 때문에 저런 시골의 소인배에게 허리를 굽히랴."
   그리고는 그날로 인끈을 풀어 벼슬을 버리고, 〈귀거래사〉를 지었다. - 소
   명태자 소통 〈도연명전〉
   '다섯 말의 쌀'은 적은 녹봉을 가리킨다.

보천탄

寶泉灘卽事二首

1.

복사꽃 물결이 몇 자나 높아졌는지
양바위[1]도 머리가 묻혀 찾을 수가 없네.
해오라기도 짝 지어 놀다 예전에 놀던 곳을 잃어버려
물고기를 입에 물고는 갯부들 속으로 날아가네.

桃花浪高幾尺許。　　狠石沒頂不知處。
兩兩鸕鷀失舊磯、　　銜魚飛入菰蒲去。

■

* 이 시는 이옥봉의 시집에 같은 제목으로 실렸는데,《옥봉집》은 따로 전
하지 않고《가림세고》에 부록으로 실려 있다. 옥봉이 점필재보다 훨씬
후세 사람이므로, 이 시는 점필재의 시가 옥봉의 이름으로 잘못 전해진
것 같다.
1) 원문의 흔석(狠石)은 엎드린 양처럼 생긴 돌을 가리키는데, 옥봉의 시에
는 은석(銀石)으로 되어 있다.

2.

강가의 탕아는 언제나 돌아오려는지
장사꾼 아낙네가 부질없이 선실²⁾에 기대어 늙네.
양쪽 언덕 무성한 풀이 따스한 향기를 보내 오니
밀과 보리도 또한 왕손의 풀이라네.³⁾

江邊宕子何日到。　　商婦空依柁樓老。
挾岸萋萋送暖香、　　來牟亦是王孫草。

■

2) 원문의 타루(柁樓)는 키를 잡는 선실의 다락이다. 장사 나간 남편이 탕
    아가 되어 돌아오지 않으므로 무작정 기다리는 모습을 나타낸 것이다.
3) 왕손은 놀러 나가서 돌아오지 않고
    봄풀만 자라나 무성해졌네.
    -《초사》〈초은사(招隱士)〉

아내가 국화주 석 잔을 권하기에

重九獨坐無聊妻勸菊酒三杯是日百官於昌慶
宮賀仁粹王妃誕辰余以病未赴

병으로 왕비 탄신에도 하례하지 못하고
혼자서 쓸쓸히 꿈나라에 들었네.
흉년 든 해에 중양절을 만나니
술까지 귀해 한 말에 만 냥으로 뛰어올랐는데,
아내는 참으로 훌륭한 여사인 데다
국화 향기도 또한 뛰어나구나.
빙그레 한번 웃음 지으며
울타리 밑에서 석 잔을 기울이네.

病阻坤寧慶、　　伶俜入睡鄕。
歲饑陽九値、　　酒貴斗千翔。
內子眞佳士、　　黃花亦國香。
莞然成一笑、　　籬下罄三觴。

■
* 원제목이 길다. 〈중양절에 혼자 앉아서 무료했는데, 아내가 국화주 석
　잔을 권하였다. 이날 백관들이 창경궁에서 인수왕비의 탄신을 하례했는
　데, 나는 병 때문에 가지 못했다.〉

심한 추위

苦寒

여름에는 더위가 너무 심했는데
겨울에 추위가 또 극심하네.
더위는 심한 가뭄 때문이지만
추위는 누가 이렇게 혹독히 만들었나.
일 년에 두 가지가 극도로 갖춰지니
하늘의 뜻을 참으로 헤아리기 어려워라.
배가 고픈 데다 골수마저 얼어붙으니
슬프구나, 백성들이 몹시 급하게 되었네.
내 들으니 길에서 파는 숯이
한 가마에 명주 한 필을 부른다네.

朱夏熱旣甚、　　玄冬寒又劇。
熱因旱之烈、　　寒則誰爲虐。
一年二極備、　　天意誠難測。
腸飢骨髓凍、　　哀哉民孔棘。
吾聞街頭炭、　　斛斛論全帛。

우물이 마르다

井涸

도성 안 십만 호에
우물마다 모두 말라 버리니,
하인들은 짧은 두레박줄 안고
아침에 한숨 쉬다가 저녁엔 흐느껴 우네.
한밤중에 물 한 바가지 훔치고
이웃 사이에도 남은 물방울을 다투네.
부잣집에서 잔치할 때에야
일만 항아린들 어찌 값을 따지랴만,
내가 들으니 사평나루에는
물이 말의 배에도 닿지 않는다네.

城中十萬戶。　　井井皆枯涸。
赤脚抱短綆、　　朝欷仍暮泣。
中夜竊勺水、　　隣里鬪餘瀝。
哿矣豪家宴、　　萬甕寧論直。
吾聞沙平津、　　水不濡馬腹。

서재에 있는 책을 훔쳐갔다기에

臘月日曹倫自金山以書報云前月初二日書室
所貯經書盡爲人踰垣偸去

평생 사 모은 것이 겨우 천 권이니
공택의 산방에[1] 감히 견주랴.
자취가 양상군자[2]와 아주 비슷하니
시와 책이 어찌 입 속의 구슬이 되랴.[3]

■
* 원제목이 길다. 〈섣달 어느날 조륜이 금산에서 편지로 알렸는데, "지난 달 초 2일에 서재에 쌓여 있는 경서를 어떤 사람이 담 넘어와서 모두 훔쳐갔다."고 하였다.〉

1) 공택은 송나라 학자 이상(李常)의 자인데, 그가 평생 베낀 책 만 권을 서재에 간직하고, '이씨산방(李氏山房)'이라고 하였다.

2) 한나라 사람 진식(陳寔)이 어느날 밤에 자기 집 들보 위에 도둑이 있는 것을 보고 자손들에게, "사람은 본래부터 악한 것이 아니라 습관에 따라 악한 사람이 되는 것이다. 저 들보 위의 군자가 바로 그런 사람이다."고 말하였다.

3) 유가의 무리가 《시경》과 《예기》를 근거로 무덤을 도굴했다. 그중 대유(大儒)가 위에서 아래쪽으로 대고 말하였다.
"곧 동이 틀 텐데, 일이 어떻게 되어 가느냐?"
소유(小儒)가 말했다.
"아직 시의(尸衣)를 벗기지 못했습니다."
"《시경》에 이르기를, '푸릇푸릇 보리가/ 무덤가에 자라네./ 살아서 은혜도 베푼 일 없이/ 죽어서 어찌 입에다 구슬을 물랴'고 하였다. 그놈의 머리카락을 잡고서 그의 턱수염을 누르고 쇠망치로 그 턱뼈를 부순 뒤, 천천히 두 볼을 벌려서 입 속의 구슬이 다치지 않도록 꺼내거라." -《장자》〈외물(外物)〉
이 시에서는 시와 책 자체가 구슬이 될 수는 없음을 뜻하였다.

189

참으로 간절히 배운다면 용서하겠지만
팔아서 돈을 만든다면 어찌 우리 무리이랴.
담장과 문단속을 삼가지 않았으니
집 지키던 종이나 단단히 꾸짖을 밖에.

平生購聚纔千卷、　公擇山房敢擬乎。
蹤跡頗同梁上客、　詩書豈是口中珠。
學之苟切猶相恕、　賣以爲資豈我徒。
不謹垣墻與關鎖、　唯應深謫守家奴。

쉰여섯에 아들을 낳고 기뻐서

七月二十日志喜

눈이 어두워지고 이도 다 빠졌지만
조물주가 나를 꺼리지 않아 자랑스러워라.
백부보다 겨우 세 살 적은 나이에[1]
서경의 두 아이보다 훌륭한 아이를 얻었네.[2]
대를 잇는 데에는 어미의 귀천을 따질 뿐이고
이름 떨치는 것은 자식의 똑똑함에 달렸네.
뒷날 효도하기를 누가 책임지랴
우선 명주[3]를 어루만지며 나 혼자 즐길 뿐일세.

■

* 원제목은 다르다. 〈7월 22일에 기쁨을 기록하다.〉
1) 당나라 태자소부(太子少傅)를 지낸 시인 백거이를 흔히 '백부'라고 부르
   는데, 그가 58세에 아들 아최(阿崔)를 낳았다. 점필재의 경우에는 전처
   조씨가 낳은 세 아들이 모두 요절했는데, 55세에 문극성의 딸에게 다시
   장가들어 56세에 아들 숭년(嵩年)을 낳았다.
2) 그대는 서경의 비범한 두 아들을 보지 못했나. (줄임)
   장부가 아이를 낳아 이 두 아들같이 된다면
   후세에 그 이름과 지위가 어찌 드러나지 않으랴. - 두보 〈서경이자가
   (徐卿二子歌)〉
3) 한나라 공융(孔融)이 위강(韋康)의 아버지에게 준 편지에서, "명주(明
   珠)가 늙은 조개에서 나왔다."고 하였는데, 아버지보다 더 훌륭한 자식
   을 가리킨 말이다.

眼有昏花牙齒無。　猶誇造物不嫌吾。
少於白傳纔三歲、　賽却徐卿已二雛。
繼序唯論母貴賤、　揚名正係子賢愚。
他年反哺將誰責、　且弄明珠獨自娛。

늘그막의 꽃구경은 안개 속에 보는 것 같아

今年眼昏益甚園中杏花盛開視之如霧中也仍吟
子美老年花似霧中看之句遂用其字爲七絶句

1.

동쪽 담장의 살구꽃 두 그루를 남들이 좋다고 하건만
분명히 안 보이고 희뿌옇기만 할 뿐이네.
꽃잎이 한 잎 한 잎 날려 벼루 못에 떨어지니
어느새 봄빛이 저물었음을 깨닫겠네.

東墻兩杏人言好。　　　　看未分明只繁皓。
片片飛來落硯池、　　　　回頭忽覺春光老。

2.

꽃구경하다 보니 이미 젊은 시절 지나갔네.
오늘 즐겁지 않다고 해서 어찌 하늘을 원망하랴.
공자 왕손들에게 번거롭게 말 전하노니
벌 나비 쫓아다니며 미치는 것도 괜찮다네.

看花已負艶陽年。　　　　今日無悰肯怨天。
公子王孫煩寄語、　　　　追蜂趁蝶不妨顚。

3.

올봄에 물건을 보면 겹친 깁이 가린 듯하니
지난해와 비교하면 더 늙은 셈일세.
눈이 어찌 날 버리랴, 내가 눈을 저버렸지.
그 옛날 행원의 꽃을 두루 구경한 것이 생각나네.

春來視物隔重紗。　　　　若比前年老更加。
眼豈負余余負眼、　　　　憶曾看遍杏園花。

4.

세세년년마다 사람은 같지 않지만
연년세세마다 꽃은 같다고 했지.[1]
연청[2]이 비록 주색이나 탐하는 사람이지만
이 구절은 옛부터 끝없이 읊어 왔네.

■

* 원제목이 길다. 〈올해에는 눈 어두운 증세가 더욱 심해져, 정원의 살구
  꽃이 한창 피었는데 마치 안개 속에 보는 것처럼 흐릿하였다. 그래서 두
  자미의 "늘그막의 꽃구경은 안개 속에 보는 것 같다."는 구절을 읊고는,
  마침내 그 구절의 글자들을 써서 일곱 절구를 지었다.〉
  이 구절은 두보의 〈소한식주중작시(小寒食舟中作詩)〉에 나온다.
1) 당나라 문장가 송지문(宋之問)의 〈유소사시(有所思詩)〉 가운데 두 구절
  이다. 유정지(劉廷芝)의 〈대비백두옹시(代悲白頭翁詩)〉에서 나온 구절
  이라고도 한다.
2) 송지문의 자이다.

194

年年歲歲花相似。 歲歲年年人不同。

此句古來吟未已。 延淸縱是狹斜徒、

천안 선화루에 오르다
登天安宣化樓

선화루에 올라서 서울을 바라보니
남산엔 빗줄기가 어둡고 북산은 환하네.
고려 왕의 사당은[1] 지금 어디에 있나.
들풀과 한가로운 꽃만 고정[2]에 가득하네.

宣化樓中望玉京。　　南山雨暗北山明。
麗王祠廟今何在、　　野草閑花滿鼓庭。

■
1) 고려 태조묘·왕자성·고정이 모두 왕자산 밑에 있다. 지금은 옛터만 남
  아 있다. -《신증 동국여지승람》권15 〈천안군〉 고적조
2) 영주는 (역사가) 오래되었다. 옛날 우리 성조(聖祖·고려 태조)께서 견훤
  을 칠 적에 군사 10만을 주둔시켜 진지를 구축하고 군사를 조련하여 무
  위(武威)를 드날렸으니, 그 군영을 설치한 곳을 '고정'이라 하고, 그 성
  을 '왕자성(王字城)'이라 하였다. -《신증 동국여지승람》권15 〈천안군〉
  역원조

태인의 연지 가에서 최치원을 생각하다
泰仁蓮池上懷崔致遠

닭이나 잡던[1] 그 옛날 맑은 덕행을 퍼뜨렸기에
사람들이 가시나무에 난새가 앉았다고 하였네.
천 년 전에 시 읊던 마음을 어디 가서 찾으랴
일만 자루 연 줄기에 일만 고운[2]이 있네.

割雞當日播淸芬。　　枳棘棲鸞衆所云。
千載吟魂何處覓、　　芙蕖萬柄萬孤雲。

■
1) 공자가 (제자 자유가 태수로 있는) 무성에 갔다가, 거문고 타면서 노래부
　르는 것을 들었다. 공자가 빙그레 웃으면서 말했다.
　"닭 잡는 데 어찌 소 잡는 칼을 쓰겠느냐?" - 《논어》〈양화(陽貨)〉
　당나라에서 벼슬하다가 돌아온 최치원에게 조정의 높은 벼슬을 주지
　않고 태인지방 태수로 내보낸 것을 가리킨 말이다.
2) 최치원의 호이다.

법성포 서봉
法聖浦西峯雜咏

서북쪽 큰 물결에 해가 잠겼는데
구름돛은 곧바로 청주와 서주를[1] 까부르네.
봄꽃이 곱게 피면 반드시 다시 와서
몽산의 석수어를 꼭 보아야겠네.

西北鰲波浸日車。　　　雲帆直欲簸靑徐。
春花如錦須重到、　　　要見蒙山石首魚。

---

* 이 고장 사람들이 말하길, "해마다 3-4월이면 여러 도의 장삿배들이 모
  두 이곳에 모여 석수어를 잡아 말리는데, 서봉 밑에서부터 꼭대기까지
  발 디딜 틈이 없을 정도이다."고 한다. (원주)
  석수어는 조기이다.
1) 중국의 우임금이 홍수를 다스린 뒤에 천하를 9주로 나누었는데, 청주와
   서주는 우리나라에서 가장 가까운 산동성과 강소성 일대이다.

추강에게 화답하다
和南秋江

1.

남쪽 여러 고을에 마음껏 노니느라고
시 읊기에 몸이 파리해졌다니 이상도 해라.
벌레나 물고기에다 주나 다는 것은 부질없는 짓이니
맹견이 흉노를 쳐서 이름을 새기려 한 것만 못하네.[1]

遨遊南裔幾多城。　　却怪吟詩太瘦生。
枉註蟲魚空碌碌、　　不如歸勒孟堅。

2.

금강과 곰나루가 아무리 깊다고 한들
나와 자네 두 사람 마음만큼이야 깊으랴.
사나이 가는 곳마다 나그네가 되니
〈여구〉 노래를[2] 불러서 마음을 흔들지 말게.

■

* 점필재가 전라도관찰사로 있을 때에 생육신의 한 사람인 추강 남효온이
  명리(名利)에 마음없이 노닐며 글이나 짓는 것을 보고 지어준 시이다.
1) 맹견은 한나라 문장가 반고(班固, 32~92)의 자인데, 명제에게 발탁되어
   난대어사가 되자 아버지의 뜻을 이어받아 《한서》120권을 저술하였다.
   그가 거기장군 두헌을 따라서 흉노를 정벌하러 나섰다가, 연연산에 올
   라서 〈연연산명(燕然山銘)〉을 지어 공을 새겼다. 이 시에서는 남효온에
   게 출세를 권한 것이다.
2) 《시경》에 실렸다가 없어진 일시(逸詩)의 편명인데, 헤어질 때에 부르는
   노래이다.

錦水熊津深復深、　　何如吾與子同襟。
男兒着處皆爲客、　　休唱驪駒更攪心。

전주에서 삼월 삼일에 향음례와
향사례를 행하다
全州三月三日行鄕飮鄕射禮

향음례

향음주례(鄕飮酒禮)의 옛 법도가 하루에 새로워지니
태평성대의 풍교와 덕화가 무리 가운데 으뜸일세.
황화대[1] 아래에서 바야흐로 술잔 돌리니
주인이 손님 맞는 예법을 모두들 같이 보네.

■

*《주례》의 〈지관(地官)〉 향대부(鄕大夫)조에 "향학(鄕學)에서 학업을 닦
고난 다음, 제후의 향대부가 향촌에서 덕행과 도예(道藝)를 살펴서 인
재를 뽑아 조정에 천거할 때, 고향을 떠나기에 앞서 그들을 빈례(賓禮)
로서 대우하고 일종의 송별잔치를 베푼다."고 기록되었다.
향음주례는 향촌의 선비와 유생들이 학교나 서원에 모여 학덕과 연륜
이 높은 이를 주빈으로 모시고 술을 마시며 잔치하던 향촌의례이다. 어
진 이를 존중하고 노인을 봉양하는 데 그 뜻을 둔다. 해마다 10월에 개
성부 및 각 도·주·부·군·현에서 길일을 택하고 그 고을의 관아가 주인
이 되어, 나이가 많고 덕이 있으며 재주와 행실이 갖춰진 사람을 주빈으
로 삼고 그 밖의 유생을 빈(손님)으로 하여, 서로 모여 읍양(揖讓)하는
예절을 지키며 주연을 함께하였다.
**향사례는 주나라 시대에 향대부가 3년마다 어질고 재능있는 사람을 왕
에게 천거할 때, 그를 선택하기 위하여 행하던 활쏘기 의식이다. 이때
'사(射)'의 의미는 "그 뜻을 바르게 한다.[定其志]"는 뜻이다.
《국조오례의》 가운데 향사의(鄕射儀)가 실렸는데, "해마다 3월 3일(가
을에는 9월 9일)에 개성부 및 여러 도·주·부·군·현에서 그 예를 행한
다."고 하였다. 향음주례가 나이 많고 덕과 재주 있는 자를 앞세운 반면,
향사례에서는 효제충신(孝悌忠信)하며 예법을 좋아하여 어지럽히지 않
는 자를 앞세운다고 하였다. 그러나 성종 때까지는 거의 행하지 않다가,
영남 출신의 성리학자들이 정계에 진출하면서 다시 시행되었다.

鄉飲遺謨一日新。　　　盛朝風化冠羣倫。
黃花臺下方酬酢、　　　萬目同看主與賓。

향사례

애써 부르지 않아도 활 쏘는 무사들이 모여들어
읍하고 사양하는 모습이 삼대 유풍 그대로일세.
〈채번〉의 노래 끝나고 깍지와 팔찌를 거두니
충만한 느낌이 행단에 가득하구나.

不勞徵召射夫同。　　　揖讓猶存三代風。
疊盡采蘩收決拾、　　　充然如在杏壇中。

■
***점필재가 여러 고을 수령을 지내면서 향음과 향사례를 시행하였는데,
　　전라도관찰사로 있을 때에 이 시를 지어 더욱 장려하였다.
1) 황화대는 (전주)부의 서쪽 4리에 있다. 고을 사람들이 봄·가을로 올라가
　　제사지내고 술을 마셨다. -《신증 동국여지승람》권33 〈전주부〉 산천조

202

고부 민락정에서 조운선을 바라보다

古阜民樂亭望漕船

3월 29일에 법성포의 조운선 60여 척이 부안의 변산 아래 이르러 바람을 만났는데, 작당(鵲堂)에 정박한 34척은 모두 온전하고, 모항양(茅項洋) 밖에 정박한 배들은 모두 깨져 익사자가 300여 명이나 되었다.

천 척의 배가 흰 쌀을 운반하는데
바닷길이 어찌 그리도 아득한지.
섬들이 천 겹이나 둘려져 있어
해마다 바람과 물결이 걱정되었네.
지난해엔 제법 알맞게 익어
나라 창고가 다행히도 넉넉해졌지.
배들이 고물을 이으며 강장을 떠나
저녁 무렵 변산 모퉁이에 닿았는데,
뱃사람들의 마음이 각각 달라서
흩어져 배를 대니 모을 수가 없었네.
큰 파도가 한밤중에 마구 쳐대서
반은 가라앉고 반은 떠내려갔으니,
어떻게 풍백¹⁾을 죽일 수 있으랴
양후²⁾를 죽일 계책도 도무지 없네.

■

1) 바람귀신이다.
2) 양후는 옛날의 제후인데, 죄를 짓고 스스로 강에 몸을 던져 큰 물결의
   신이 되었다. -《한서》〈양웅전〉 주

백성들의 고혈은 그만두더라도
죽은 자에겐 누가 은인이고 원수이던가.
통곡소리가 물가에 울려 퍼지지만
아득한 바다 어디에 가서 찾으랴.
작당의 후미진 곳을 멀리 바라보니
큰 배를 만 척이라도 감춰둘 만했는데,
위기를 만나서 호령을 잘못했으니
이렇게 된 것도 다 까닭이 있네.

千艘運白粲、　　　海道何悠悠。
島嶼千百重、　　　歲有風濤憂。
前年頗中熟、　　　國廩幸少優。
舳艫發江藏、　　　夕止邊山陬。
舟人各有心、　　　散泊不能收。
驚波夜盪激、　　　半溺半漂浮。
焉能戮風伯、　　　無計戕陽侯。
民膏且勿論、　　　死者誰恩讎。
哭聲殷水濱、　　　茫茫何處求。
遙望鵲堂澳、　　　可藏萬海鰌。
臨機失號令、　　　致此良有由。

병중에 절구 열 수를 읊다
病中十絶

1.

오랜 장마로 한질이 생겼으니
두 아이의 원한과 관계된 병은 아닐세.[1]
이제는 조금 누그러졌으니
이 이치를 누구와 함께 의논해 보랴.

積雨生寒疾、　　　非關二竪冤。
如今和緩少、　　　此理共誰論。

1) 진후(晉侯)가 병에 걸려 진(秦)나라에 의원을 구하자, 진백(秦伯)이 의원 완(緩)을 보냈다. 완이 아직 이르기 전에 진후가 꿈을 꾸었는데, 두 동자[二竪子]가 나타나 말했다.
"그는 훌륭한 의원이니, 우리를 다칠까 두렵다. 어디로 달아날까?"
그중 하나가 말했다.
"명치 위[膏]와 명치 밑[肓]에 (숨어) 있으면 (아무리 훌륭한 의원인들) 우리를 어찌하랴?"
의원이 이르러 (진맥해 보고) 말했다.
"이 병은 고칠 수가 없습니다. (병이) 명치 위에도 있고, 명치 밑에도 있어, 뜸뜰 수도 없고, 침 놓을 수도 없으며, 약도 듣지 않습니다. 방법이 없습니다." ―《춘추좌씨전》〈성공(成公)〉상
원문의 두 아이[二竪]는 고질병을 뜻한다.

3.

맑은 새벽에는 정신이 좀 나다가
낮이 되면 이루 말할 수가 없네.
벌레의 팔이 되든 쥐의 간이 되든[2]
일체 하늘의 명대로 따를 뿐일세.[3]

淸晨稍惺惺、　　　晝日難窮竟。
蟲臂與鼠肝、　　　一聽天所命。

■

2) 자래가 병이 나서 숨을 헐떡거리며 곧 죽으려 하자, 그의 처자들이 그를
　둘러싸고 울었다. 그러자 (그의 친구인) 자려가 병문안 와서 말하였다.
　"쉬, 저리들 물러가시오. 자연의 변화를 슬퍼할 것 없소."
　그리고는 방문에 기대어 자래에게 말했다.
　"위대하도다, 하늘의 조화여! 자네를 무엇으로 만들려고 어디로 데려가
　는 것일까? 자네를 쥐의 간으로 만들려는 것일까? 아니면 벌레의 팔뚝
　으로 만들려는 것일까?" - 《장자》〈대종사(大宗師)〉
3) 그러자 자래가 말했다.
　"부모가 자식에게 동서남북 어느 편으로 가라고 하든 간에, 명령을 그
　대로 따를 뿐이다." - 같은 글.

206

4.

신통한 약제가 어의를 따라온 데다
또 들으니 긴 휴가까지도 주셨다네.
병중에서도 두 번 머리를 조아리니
대궐 문에서 사은 못 한 게 한일세.

神劑隨御醫、　　　仍聞賜長暇。
力疾再稽顙、　　　恨阻天扉謝。

7.

밥 짓는 계집종이 약까지 잘 달이고
미련한 아이도 의원을 데려올 줄 아네.
때때로 몸의 조화를 살펴보니
학의 뼈에다 닭의 껍질을 둘렀네.

爨婢能煎藥、　　　癡童解引醫。
時時看造化、　　　鶴骨帶雞皮。

부록

佔畢齋
金宗直

김종직의 삶과 문학

1.

　김종직(金宗直, 1431~1492)의 생애를 언급하면서 늘 빠지지 않고 언급되는 글은 그가 27세(세조 3년, 1457년)에 썼다고 하는 〈조의제문〉이다. 이때 김종직은 아직 벼슬길에 들어서지 않았는데, 의제를 죽인 항우에 단종을 죽인 세조를 비유하여 세조의 찬탈행위를 비난한 것이다. 그가 죽은 뒤인 1498년(연산군 4년)에 그의 제자인 김일손(金馹孫)이 사관으로 있으면서 이 글을 사초(史草)에 적어 넣은 것이 화근이 되어 비극적인 무오사화가 일어나게 되었다. 이 때문에 김종직은 부관참시를 당하였고 문집도 불에 타버리는 일을 겪게 되었다. 이렇게 〈조의제문〉은 정말로 커다란 파문을 일으켰고, 후대의 사람들에게 서로 다른 평가를 내리게 하였다.

　"김종직과 같은 사람이야말로 참으로 사적으로 이익을 취하고 이름을 훔치며 능청스럽게 높은 벼슬을 한 자이다. …중략… 정란일을 당하여 김종직은 박팽년, 성삼문 무리처럼 녹을 먹던 사람이 아니었고 김시습처럼 평소에 은택을 입었던 것도 없었다. 다만 시골의 변변찮은 한 선비여서 옛 임금을 위하여 죽어야 할 의리도 없었으니, 그가 벼슬하기를 달갑게 여기지 않은 것이 본래 위선이었다… 중략… 그가 〈조의제문〉을 짓고 주시(酒詩)를 기술했던 것은 더욱 가소로운 일이다. 이미 벼슬을 했다면 이분이 우리 임금이건만, 온 힘을 기울여 그를 꾸짖기나 하였으니 그의 죄는 더욱 무겁다…."

"우리 동방에 2대 유학자가 있어 모두 사문(斯文)에 막중한 명성이 있는데도 크게 의심할 만한 곳이 있다. 포은(정몽주)은 능히 죽음으로 나라에 순절하였는데도 우(禑)·창(昌)을 왕위에 내쫓아 죽임에 있어 능히 설 바를 두지 못하고 9공신(九功臣)에 끼이는 데 이르렀으니 이것이 첫째 의심할 만한 것이요, 점필재(김종직)는 세조에게 몸을 던져 벼슬을 하고도 〈조의제문〉을 지어 크게 춘추대법(春秋大法)의 뜻을 범하였다. 대개 이러한 마음이 있다면 그 조정에 벼슬하지 않아야 하고 이미 벼슬하였다면 이러한 글은 짓지 않았어야 한다. 마음과 일이 서로 모순되고 의리와 명분이 다함께 무너졌으니 이것이 둘째 의심해야 할 만한 것이다. 문충공 포은이 문묘(文廟)에 배향되고부터 후학들이 감히 그 득실을 다시 의론하지 않았고 무오사화(戊吾士禍)의 뒤에 사람들이 또한 그 일을 의론하고자 하지 않았다. 알지 못할 일이거니와 먼 후일에 오히려 의론하게 된다면 어떠하다고 할른지.

첫 번째 글은 허균이 쓴 것이고 두 번째 글은 장유가 쓴 것이다. 김종직이 세조의 찬탈행위를 비난한 글을 썼으면서도 예종 때에는 세조가 지은 〈제범훈사(帝範訓辭)〉를 인출(印出)하여 올리라고 하였을 때 그날 밤에 기뻐서 잠을 이루지 못하고 시를 지었는가 하면, 세조를 찬양하는 〈악장(樂章)〉도 남겼다는 점에서 이러한 혐의는 피할 수 없는 것이기도 하다.

반면에 김종직을 도학의 연원으로 삼아 칭송하는 관점들도 있다.

"선생의 학문은 포은(圃隱·정몽주)을 사숙한 것인데, 한 번 전수하여 한훤당(寒暄堂·김굉필)이 되었고, 다시 전수하여 정 암(靜菴·조광조)이 되었으며, 정암 뒤에는 진유(眞儒)들이 배 출되어 도학이 크게 떨쳐져, 삼한의 한 구역이 훌륭하게 문 헌(文獻)의 나라가 되었다. 그 공을 살펴보면 이는 실로 선생 에게서 연유하였으니, 속일 수 없는 것이다."

이 글은 권상하가 쓴 묘갈의 일부분으로, 많은 사림들의 공 통된 생각이었다. 그리고 이렇게 김종직이 절의(節義) 위주의 도학의 연원에 자리하게 된 것은 〈조의제문〉으로 인하여 무 오사화에 화를 당한 것이 작용하였다고 보겠다.

2.

김종직은 1431년(세종 13년) 밀양에서 태어났다. 아버지 김 숙자(金叔滋)는 세조가 단종의 왕위를 빼앗자 관직에서 물러 나 밀양에서 후학을 양성하였는데, 경제적 기반이 넉넉하지 못하였다. 그렇지만 조정에 있을 때에 훈구대신들과 두터운 교분을 맺어 두었기 때문에 훗날 김종직의 벼슬길에 도움이 되었다. 김종직이 26세 되던 정월에 형 종석(宗碩)과 함께 회 시(會試)를 보러 서울에 갈 적에, 김숙자는 술잔을 들어 축원 하면서, "너희 형제가 충효로 입신(立身)하게 되면 내 무슨 근 심이 있겠느냐?"라고 한 데에서 알 수 있듯이 자식들의 관직 생활을 무척 염원하였던 듯하다.

김종직은 16세에 서울에서 과거에 응시하나 낙방하였다. 그렇지만 이때 지은 〈백룡부(白龍賦)〉는 당시 시험관이던 김수온에게 이미 "훗날 문형을 맡을 솜씨다."라는 극찬을 받은 일화가 있다.

그 후 28세(1459년) 별과(別科) 초시(初試)에 합격하였고 30세에 승문원(承文院) 저작(著作)에 임명되었는데, 이때에도 어세겸의 탄복을 받는 등 이름을 크게 떨쳤다. 이후 여러 관직을 역임하다가 40세에 노모를 봉양하기를 청하여 함양군수를 제수받았다. 이듬해 임지에 부임하여 군을 다스리다가 여가에 정여창(鄭汝昌), 김굉필(金宏弼) 등 여러 제자들을 가르쳤다.

그리고 유자광(柳子光)과 악연을 맺게 되는데, 그에 대하여 《동각잡기(東閣雜記)》에 다음과 같은 글이 실려 있다.

점필재가 함양군수가 되었을 때, 유자광의 시가 벽상에 걸려 있는 것을 보고 철거하여 불살라 버리게 하고 말하기를, "유자광 따위가 무엇이길래 감히 이따위 짓을 하는가"라고 하였다. 자광이 듣고서 이를 갈았다. 그러나 필재는 임금의 애호가 한창 높았을 때이었으므로, 자광이 도리어 아부하고 친교하여 왔다. 그가 죽자 글을 지어 곡하였는데 그를 왕통(王通)과 한유(韓愈)에 비교하였다. 《성종실록》을 수찬할 당시에 이극돈이 사국당상(史局堂上)이 되었는데, 〈조의제문〉을 보고 나서 그 뜻이 세조를 지적한 것이라고 생각하였다. 그래서 유자광과 함께 삐뚤어지게 비유하여 연산군에게 고발하여 옥사를 일으켰다. 자광은 심문하는 데 참여하여 형벌을 지극히 악독하게 하였고 이런 것들은 한 놈도 남겨서는 안 된다고까지 말하였다. 사람들이 모두 말하기를, 시를 불사른 원한을 갚은 것이라고 하였다.

46세에 잠시 승문원에 들어갔으나 노모를 위하여 곧바로 선산부사로 나갔다. 이 기간 동안에도 역시 더 많은 제자들을 가르쳤는데, 이 두 번의 외임(外任) 기간 중에 가르친 제자들이 뒤이어 정계에 진출하게 된다.

52세에는 홍문관 응교로 승진되어 이조판서 형조판서를 거치다가 59세에 지중추부사(정이품)를 제수받았다. 그 후 칭병귀향(稱病歸鄕)하여 1492년(성종 23년)에 세상을 떠났다. 시호는 문충(文忠)이라 하였으나 뒤에 문간(文簡)으로 바뀌었고 숙종 때 다시 문충이라고 하였다. 중종반정 뒤에 신원되어 밀양의 예림서원(禮林書院), 선산의 금오서원(金烏書院), 함양의 백연서원(柏淵書院), 김천의 경렴서원(景濂書院), 개령의 덕림서원(德林書院) 등에 제향되었다.

김종직은 조위(曺偉)의 누님이었던 창녕 조씨와의 사이에 세 아들과 두 딸을 두었으나 아들 셋은 일찍 죽었고, 52세에 조씨와도 사별하였다. 55세에 남평 문씨를 후배(後配)로 맞이하였고 아들 숭년(嵩年)을 두었다.

그의 저술은 무오사화 때에 많이 소실되었으며 현재 전해지는 것은 《점필재집》《유두유록(遊頭流錄)》《청구풍아(靑丘風雅)》《당후일기(堂後日記)》 등이 있으며, 편저로는 《일선지(一善誌)》《이존록(彝尊錄)》 등이 있다.

3.

퇴계는 〈답이강이(答李剛而)〉에서 "보내 주신 편지에서 깨우쳐 주신 점필재 선생의 일은 과연 그렇습니다. 그 밖에도 이와 같은 일이 많이 있습니다. 대개 마음을 오로지 하고 의리를 공경하는 학문에는 깊이 유의하지 않았기 때문에 행동이 변하고 사리가 모호함이 이와 같으니 애석하고도 두려워할 만합니다." 라고 하였고, 〈논인물(論人物)〉이라는 글에서 "점필재는 학문을 하는 사람이 아니었다. 종신토록 일삼은 업은 오직 사화(詞華)에 있으니 그 문집을 보면 알 수 있다."고 하였다.

김종직의 현실 대처방식은 앞에서도 살펴본 바와 같이 여러 사람들로부터 혹평을 받기도 하였으나 그의 문학적인 역량에 대해서는 한결같은 인정을 받았다. 그것은 문학적인 재능의 발휘야말로 지방에서 중앙으로 진출하여 공고한 자리를 마련할 수 있는 거의 유일한 모색이 될 수 있었기 때문일 것이다. 그리고 그것이 아버지 김숙자의 바람을 성취시킬 수 있는 것이기도 하였다.

장유는 조선조의 글이 고려 때만 같지 못하지만 명가(名家)라고 말할 수 있는 사람은 김수온·김종직과 최립이라고 하고, 그 가운데 김종직이 가장 우수한데 그 까닭은 사리(詞理)가 갖추어졌기 때문이라고 하였다. 또 홍만종은 시에 대해서 "대가(大家)로 말하면 앞에는 사가(四佳)·점필(佔畢)이 있었고 후에는 읍취(挹翠)와 용재(容齋)가 있다."고 말하였고, 신위는 〈동인논시절구(東人論詩絶句)〉에서 그의 시풍이 '성당(盛唐)'으로 접어들었다고 말하였다.

김종직의 시작품을 보면 고시(古詩)는 적고 근체시에 능숙하며 그 중에서도 율시가 가장 많고 7언시가 다수를 차지한다. 그의 시에는 친교 관계에서 나온 작품들이 많이 있는데, 신숙주·한명회·서거정 같은 훈구 관료들과의 화답한 시들도 들어 있다.

김종직은 고향에 대한 자부심과 애착이 강하게 드러나는 시들을 많이 지었는데, 과거 그곳에 도읍이 있던 신라에까지 관심을 가지고 문헌에 나타나거나 구전되는 설화를 시화하여 〈동도악부(東都樂府)〉 일곱 수를 남기고 있다.

또한 김종직은 현실 생활 속에서 겪는 백성들의 어려움을 목도하고 〈가흥참(可興站)〉, 〈축성행(築城行)〉, 〈낙동요(洛東謠)〉 등의 작품에서 관료문인으로서의 애민의식(愛民意識)을 보여 주고 있다.

또한 김종직은 '좋은 문장이란 곤궁함에서 비롯된다.'고 하는 세간의 생각을 부정하고 〈정재선생시집서(亨齋先生詩集序)〉에서 "진실로 기국(器局)이 크고 천분(天分)이 높은 사람은 벼슬에 구애되지 않고 자신의 천품(天稟)을 발휘하여 뛰어난 작품을 쓸 수 있다."고 주장하였다. 다른 사람의 시집을 칭찬하는 글 속에 실려 있긴 하지만 이것은 어쩌면 관직에 몸담고 있는 김종직 자신의 문학에 대한 변호와 자부심을 표현한 것이라고도 볼 수 있다. 그는 허균이나 신흠 등에게 '상랑(爽朗)' '방달(放達)' '홍량엄중(洪亮嚴重)' '항고(伉高)'의 평가를 받은 것처럼 활기찬 시풍을 보여 주었다.

우리는 김종직을 도학의 연원에 두고 늘상 '성리학자로서의 김종직'만을 생각해 왔기 때문에 그 무게에 눌려서 그의 문학적인 역량은 간과하였다. 그러므로 김종직의 한시를 감상하는 것은 우선 김종직을 균형 있게 이해한다는 점에서 의미 있는 일이 될 것이다.

또한 후세에 칭송과 혹평을 함께 불러일으킨 김종직의 처신은 정작 그 자신에게는 어떤 형태의 고뇌로도 나타나지 않는다. 이 사실을 어떻게 이해할 수 있을까. 아마도 그의 시가 각자에게 해답의 실마리를 던져 주게 될 지도 모른다.

- 최우영 (광운대학교 강사, 문학박사)

연보

- 1431년(세종 13년) 6월에 밀양부 서대동리 본가에서 태어났
  다. 아버지는 강호(江湖) 김숙자(金叔滋)이고, 어머니는 사재
  감 정(司宰監正) 박홍신(朴弘信)의 딸이다. (아버지가 처가의 재산
  을 상속받아, 선산에서 밀양으로 옮겨와 살고 있었다.)
- 1436년 6세 아버지에게 글을 배우기 시작하였다. 활쏘기와
  산수도 배웠다.
- 1443년 13세 아버지가 고령현감으로 있으면서, 아들 형제에
  게 《주역》을 가르쳤다.
- 1446년 16세 서울에 올라가 과거에 응시하였다. 〈백룡부(白
  龍賦)〉를 지었다가 낙방했지만, 태학사 김수온이 낙방된 시권
  을 보다가 이 글을 읽어 보고는, 장래에 대제학이 될 인물이
  라고 칭찬하였다. 세종에게 이 글을 보이자, 세종도 기이한
  인물이라고 칭찬하면서 영산훈도(靈山訓導·종9품)를 제수하
  였다.
- 1451년(문종 원년) 21세 울진현령 조계문의 딸에게 납채(納采)
  하였다.
- 1453년(단종 원년) 23세 봄에 진사에 합격하고, 겨울에 결혼하
  였다.
- 1455년(세조 원년) 25세 큰형 종석과 함께 나라에 경사가 있
  을 때 베푸는 동당시(東堂試)에 합격하였다.
- 1456년 26세 아버지가 세상을 떠났다.

- 1459년 29세 봄에 과거에 급제하였다. 승문원 부정자(副正字·종9품)에 제수되었다.
- 1460년 30세 봄에 승문원 정자(정9품)로 승진하였다.
- 1461년 31세 승문원 박사(정7품)로 승진하였다.
- 1463년 33세 사헌부 감찰(정6품)로 승진하였다.
- 1464년 34세 제자들이 모여들어 거리에 넘쳤지만, 가르치기에 게으르지 않았다.
- 1465년 35세 영남병마평사(정6품)가 되어, 여러 고을의 병마를 점검하였다.
- 1467년 37세 홍문관 수찬(정6품)이 되었다.
- 1468년 38세 이조좌랑(정6품) 겸 교서관 교리(종5품)가 되었다.
- 1469년(예종 원년) 39세 예문관 응교(정4품)가 되었다.
- 1470년(성종 원년) 40세 고향으로 돌아가서 71세된 노모를 모시겠다고 청하자, 함양군수(종4품)에 제수되었다.
- 1471년 41세 9월에 봉렬대부(정4품), 12월에 봉정대부(정4품)에 올랐다. 유자광이 이 고을에 와서 놀다가 시를 지어 현판을 붙였는데, 점필재가 보고 곧 떼어서 불사르게 하였다.
- 1472년 42세 봄, 가을에 향음주례(鄕飮酒禮)를 행하였다. 정여창과 김굉필이 찾아와 글을 배웠다.
- 1473년 43세 중훈대부(종3품)에 올랐다.
- 1474년 44세 첫아들 목(木)이 5세였는데, 홍역으로 죽었다. 다원(茶園)을 만들어, 나라에 공물로 바치는 차를 재배하였다.
- 1475년 45세 통훈대부(정3품)로 승진하였다. 함양을 떠나게 되자, 고을 백성들이 선정비를 세우고, 생사당(生祠堂)을 지었다.

- 1476년 46세 승정원사에 취임했다가, 노모를 봉양하기 위하여 선산부사(종3품)로 부임하였다.
- 1479년 49세 12월에 어머니가 세상을 떠났다.
- 1481년 51세 어머니의 산소를 지키는 동안, 남양 향리의 아들 홍유손이 찾아와 글을 배웠다.
- 1482년 52세 홍문관 응교(정4품)를 거쳐 예문관 직제학(정3품)에 임명되었다. 부인 조씨가 죽어, 금산에 장사지냈다.
- 1483년 53세 승정원 동부승지(정3품)를 거쳐 우부승지에 올랐다.
- 1484년 54세 승정원 도승지(정3품) 겸 예문관 제학(종2품)에 임명되었다. 12월에 이조참판(종2품)에 임명되었다.
- 1485년 55세 사복첨정(司僕僉正 · 종4품) 문극정의 딸과 재혼하고, 명례방(명동)에서 살림하였다. 여름에 병들어 사직하고, 밀양으로 돌아왔다. 10월에 홍문관 제학(종2품)으로 승진하였다.
- 1486년 56세 예문관 제학에 임명되어 《동국여지승람》을 정리하였다. 7월에 아들 숭년(嵩年)을 낳았다.
- 1487년 57세 전라도관찰사(종2품) 겸 전주부윤이 되어, 향음주례(鄕飮酒禮)와 향사례(鄕射禮)를 시행하였다.
- 1488년 58세 5월에 병조참판(종2품) 겸 홍문관 제학이 되었다가, 10월에 한성부 좌윤이 되었다. 《청구풍아(靑丘風雅)》, 《동문수(東文粹)》, 《동국여지승람》이 간행되었다.
- 1489년 59세 3월에 형조판서(정2품) 겸 홍문관 제학이 되었다가, 가을에 병으로 사면하고 지중추부사(정2품)에 제수되었다. 동래 온천에 와서 휴양한 뒤에, 고향 밀양으로 돌아왔다.
- 1490년 60세 많은 학자들이 집으로 찾아와 글을 배웠다.

- 1491년 61세 병이 위독하자, 왕이 약을 하사하였다. 밀양에 노비 15명을 내려주고, 동래 온천에도 논 7마지기를 내려주었다.
- 1492년 62세 남에게서 빌려온 책들을 7월에 다 돌려주었다. 8월에 왕이 의원을 보내어 치료하였지만, 그 달 19일에 명발와(明發窩)에서 세상을 떠났다. 왕이 슬퍼하여 이틀 동안 조회를 폐하였다. 아들 숭년이 7세밖에 되지 않아, 정부인 문씨가 상주가 되었다. 제자와 인근 선비 500여 명이 모여 장사 지냈다.
- 1493년 시호를 문충(文忠)이라고 내렸다.

■

* 《점필재집》에 실려 있는 〈점필재선생연보〉에서 간추려 번역하였다.

原詩題目 찾아보기